WEI YUE
微阅读
1+1工程
1+1 GONGCHENG 第八辑

水红色旗袍

赵明宇

百花洲文艺出版社
BAIHUAZHOU LITERATURE AND ART PRESS

图书在版编目（CIP）数据

水红色旗袍／赵明宇著 . —南昌：百花洲文艺出
版社，2014.9
　（微阅读 1 + 1 工程）
ISBN 978 - 7 - 5500 - 1029 - 1

Ⅰ. ①水… Ⅱ. ①赵… Ⅲ. ①小小说—小说集—中国
—当代 Ⅳ. ①I247. 8

中国版本图书馆 CIP 数据核字（2014）第 181427 号

水红色旗袍

赵明宇　著

出 版 人：姚雪雪
组稿编辑：陈永林
责任编辑：陈永林
出　　版：百花洲文艺出版社
发行单位：全国新华书店
印　　刷：北京一鑫印务有限责任公司
开　　本：787mm×1092mm　1/16
印　　张：12
版　　次：2016 年 1 月第 2 版
印　　次：2016 年 1 月第 2 次印刷
字　　数：128 千字
书　　号：ISBN 978 - 7 - 5500 - 1029 - 1
定　　价：29. 80 元

赣版权登字：05 - 2015 - 36

邮购联系：0791 - 86895108
网　址：http://www. bhzwy. com
图书若有印装错误，影响阅读，可向承印厂联系调换。

前　言

　　以"极短的篇幅包容极大的思想"，才能够以小胜大，经过读者的阅读，碰撞出思想的火花，震撼人的心灵。正因为这样，微型小说成为一种充满了幽默智慧、充满了空灵巧妙的独特文体。

　　如果说在二十一世纪的头一个十年，是互联网大大改变了我们的生活，那么在我们正在经历的第二个十年里，手机将更为巨大地改变我们的生活。如今，以智能手机为平台，正在构成一个巨大的阅读平台。一种新的阅读方式正不知不觉地走进大众的生活。一个新的名词就此产生，它便是"微阅读"。微阅读，是一种借短消息、网络和短文体生存的阅读方式。微阅读是阅读领域的快餐，口袋书、手机报、微博，都代表微阅读。等车时，习惯拿出手机看新闻；走路时，喜欢戴上耳机"听"小说；陪人逛街，看电子书打发等待的时间。如果有这些行为，那说明你已在不知不觉中成为"微阅读"的忠实执行者了。让我们对微型小说前景充满信心和期待的是，微型小说在微阅读的浪潮中担当着极为重要的"源头活水"。

　　肩负着繁荣中国微型小说创作、促进这一文体进一步健康发展的责任和使命，微型小说选刊杂志社推出了"微阅读1+1工程"系列丛书。这套书由一百个当代中国微型小说作家的个人自选集组成，是微型小说选刊杂志社的一项以"打造文体，推出作家，奉献精品"为目的的微型小说重点工程。相信这套书的出版，对于促进微型小说文体的进一步推广和传播，对于激励微型小说作家的创作热情，对于微型小说这一文体与新媒体的进一步结合，将有着极为重要的作用和意义。

编者

2014 年 9 月

目 录

# 泥人胡四

元城东门外胡家捏泥人的手艺传到胡四这一辈儿已经是炉火纯青了。

每日里，胡四扛着一副挑子，前头是小板凳、雨伞和杂七杂八的工具，后头是一坨掺了棉絮之后，揉得像面团一般的胶泥。胡四来到城里某个街巷的繁华处，放下挑子在小板凳上坐了，很快就会有小孩子围拢过来，掏出从大人那里要来的铜钱，让胡四捏一个憨态可掬的戏曲人物或者小猴子、小乌龟一类的玩意儿。也有的妇女让胡四给捏一个泥娃娃，祈盼早一天抱上贵子。有钱人家的公子哥儿也来凑热闹，让胡四捏一个金元宝、小猫小狗之类的，就纯属找乐子寻开心了。

除了捏泥人，胡四还塑神像。从元城护城河边上挖出来的胶泥，经过胡四的一双巧手就似乎有了灵性，塑出来的神像出神入化，栩栩如生。

胡四最爱去的地方是莲湖巷，为了一个名叫罗天香的富家小姐。

那一年，罗老爷请胡四来家里塑财神像，胡四就在罗府里住了七天七夜。神像塑成了，将要喷彩时，环佩叮咚，异香袅袅，闪出一个娇艳的靓姐儿。这靓姐儿就是罗老爷的千金罗天香。

罗天香看过神像，拍手叫绝。又看胡四，目光里有了春水荡漾。

胡四的目光和罗天香的目光相撞的一霎，一团火焰烧得胡四要爆炸了。

罗天香咯咯笑，胡四才回过神来，在挑子后头抓了一把泥，顷刻之间手里就变魔术一般有了两个鸳鸯鸟。罗天香双目含情脉脉地接过胡四的鸳鸯鸟，朝着胡四娇羞一瞥，咯咯笑着，掩面而去。

这可把胡四看呆了。

胡四常常在罗府门前徘徊。青色的粗布衫浆洗得崭新的，换了一块干

净头巾，买了一双千层底的靴子，为的是看到罗天香。胡四心里明白，自己是一个穷手艺人，哪里能攀得上罗家的小姐啊。尽管这样想，胡四还是浇不灭心中的那一团火焰，哪怕能看看罗天香的身影也是一种享受啊。

一个月，两个月过去了，直到罗府门前树叶泛黄，胡四也没有看到罗天香，却听到罗天香和东街绸缎庄吴老板儿子结婚的消息。胡四就没有心思捏泥人了，像霜打的茄子一样扛着挑子，落魄地回家来。

不久，胡四又听说吴老板儿子被枪杀了。吴老板的儿子是大名七师的学生，参加了共产党。

胡四早过了婚嫁年龄，高媒婆为他介绍刘石匠的女儿，胡四断然拒绝了。那就到罗府提亲吧？胡四叹一口气说，咱不配，哪里能玷污了罗小姐的美貌。这一拖，十几年过去了。

胡四再一次见到罗天香是在莲湖巷口。罗天香回娘家，腋下夹着小包袱。胡四忍不住喊了一声罗小姐，罗天香回过头来，胡四见罗天香消瘦了许多，虽然面色苍白，却掩不住少女时期的美丽。罗天香冲着胡四笑笑就急匆匆地走了，一溜细碎的脚步踏在青石板上，踩得胡四的心里酸酸的，胡四眼睛里闪烁着泪花，望着罗天香的背影呆若木鸡。

胡四一生未娶，每天天一亮就扛着挑子到城里捏泥人，生意依然是红红火火。隔三差五的到东街绸缎庄扯几尺花布，偶然还能看到罗天香。新中国成立后，公私合营，罗天香做了站柜台的售货员。胡四进进出出，在罗天香眼前闪动了几十年。几十年下来，胡四的头上就像落了一层雪。

最后一次踏进罗天香商店的门，胡四说，夫人，我为你捏一个泥人吧，和你做做伴。罗天香说别了，我不寂寞。罗天香说着从抽屉中拿出一对泥捏的鸳鸯鸟。

胡四心里咯噔一下。回家，病倒了。

胡四的三间上房分为厅堂和卧室，卧室的门常年挂一把锁。一场大雪纷纷扬扬的落下来，胡家族人多日不见胡四出门，硬是把胡四的卧室撬开了。

人们惊呆了，卧室里站着几十个衣着华丽的女人。仔细看，却是泥塑，和真人一般大小，正是罗天香不同年龄段的塑像，竟然如此的逼真。

此时的胡四躺在床上，身体已经冰凉了。

 # 元城赌王

　　安大山出了桃花坊的门槛，走在车水马龙的大街上，正是阳春三月，远远望去，元城的上空已是飞红流翠了。他的心里却一片凄凉。

　　桃花坊是元城很有名的窑子，安大山来这儿是为了一个名叫唐三娘的窑姐儿。怎奈那唐三娘千柔百媚，端的是娇艳的小美人儿。在温柔乡里走一回，虽说安大山的骨头都要化了，酥了，却激出一腔豪情来，发誓要赎回唐三娘，独占花魁。

　　可是，钱从哪里来？只有去赌一把了。

　　安大山是在赌场上泡大的。他手里整天提着一把长嘴大铜壶，跟在吴老爷身后端茶倒水。吴老爷毕竟是有身份而且赌技很高的人，他目不斜视地坐镇赌场，内心风起云涌却不露声色，常常气定神闲处乱不惊地转败为胜，被誉为元城赌王。元城临卫河，往来客商繁多，赌场生意自然红红火火。闲暇，安大山便抱着大铜壶看得眼神儿直勾勾地。时间长了，安大山对于吴老爷的赌技看出了门道，每一招每一式都熟记于胸。

　　有时候，吴老爷示意安大山也来碰碰运气，安大山就连连摇头。无论别人如何怂恿，他都是置若罔闻，微微一笑说还要尽心侍候客人。吴老爷赢了，便会赏给他几个小钱儿，他就把小眼睛眯成了一条缝，狗一样做一个揖，连连说几句感激的话。

　　安大山一日不见唐三娘，便会觉着精神萎顿，像是一颗血疙瘩心被人偷走了。

　　坐在赌场上，安大山盯着色子，脑子里还萦绕着自己和唐三娘缠绵的事儿。一口气赌下来似有神助，竟然出神入化，掏空了一个又一个往来客商的腰包。有几个公子哥儿不服气，专程找安大山来赌，安大山一

连几个杠上开花，盛气凌人，打得公子哥儿落花流水。

终于，吴老爷坐在了安大山面前。

几局下来，吴老爷的脸色阴沉下来了。安大山的眼睛像血一样红，下注白银一千两。

三个六点让吴老爷的胡子一抖一抖的，眼神像斗鸡眼一样半天没有回过神来。吴老爷把一千两的银票推给安大山时，吐了一口血，再也没有站起来。

安大山被奉为新一代元城赌王。

安大山在元城牛市街买了一套房子，兴高采烈的来到桃花坊，把三锭银子甩给老鸨，牵了唐三娘的手回家来。

男儿当风流，安大山好不快活。

在元城，赌徒们听得安大山的大名，纷纷告退。安大山并不着急，骑一匹快马，三五天到顺德府或者济南府去一次，天亮收场。到日头将午，便回到家来，把马匹拴好了，唤一声娘子，顺手丢下一个沉甸甸的包裹来。安大山到偏房沐浴，然后抱着唐三娘你死我活的一番折腾，便蒙头睡去。

唐三娘说，官人不如置买田地，好好的打发日子，莫再去赌了。

安大山说，已是欲罢不能。

一日，有一个头戴貂皮毡帽的汉子从内蒙古贩卖马匹途经元城，听说还有安大山这等奇人，便慕名寻来了。当时大雪纷飞，淹没了路径，旷野天寒，朔风如嘶。一阵扣门声把安大山惊醒了，开了门，陌生的客商含笑作揖说，慕先生大名，特来讨教。

安大山眼睛眯了，打量客商，知道来者不善，抱拳说，不敢不敢。做了一个请的手势。

客商说，不必，就在这里吧。

安大山请唐三娘取银子出来。客商说今天不赌银子，赌人。

赌人？安大山心里咯噔一下。客商说，我以一千匹马与你赌唐三娘。马匹就在门外。

安大山顺着客商的手指望去，果然看到一群马站在远处的雪地里。

安大山说，赌人就赌人。说白了，赌场如战场，赌的就是胆量。安大山笑笑，遂回房中取一把利刃藏于腰间，心说，赢了便罢，倘若输了，岂能与你善罢甘休？

安大山手持三颗色子，顺手撒去，排出三个六点，乃是赌场上被称为豹子的最大点数。

客商微微一笑，从囊中掏出来一把黄豆，抛开了，落在地上，竟像一个方阵，左看右看都是豹子，竟是罕见的双豹。

安大山头上的汗水下来了。

只听得门环扣动，唐三娘一袭红衣款款走出来。安大山唤一声娘子，羞得低下了头。

唐三娘数了十八颗黄豆含到嘴里，香唇轻启，黄豆喷出，三三成行，乃是赌界传闻的豹中豹。

客商和安大山都看呆了。安大山惊奇的一声娘子打破了沉寂。

客商说，三娘，我来赎你来了。

唐三娘说，我已经不欠你的了，你走吧。

唐三娘又向安大山说，奴家在官人眼里就值那么一千匹马？

安大山取出明晃晃的利刃，寒光闪过，四根断指齐刷刷的落下。

雪地上像是盛开了一片梅花。

鸟人鹿三

天麻麻亮，正是捕鸟的黄金时刻，鹿三带上粘网去西河湾。

西河湾是卫河边的一片开阔地。每年春天或者秋天，百灵、画眉、鹌鹑、一把伞、云雀、红嘴子，叽叽喳喳，真是一个鸟世界。

鹿三捕鸟有一绝，先布下粘网，然后学鸟叫，引得鸟儿过来。鹿三捕鸟跟别的捕鸟人不一样，鹿三捕了鸟从不去元城的鸟市卖，而是自己玩，寻乐子，玩几天就放了。他把鸟弄回家，家里没有鸟笼，有鸟笼他就不是鹿三了。鹿三在屋里随便竖一根筷子，鸟儿就栖落在筷子上。驯几天，鸟儿就落在鹿三肩上了。

白天，鹿三带着鸟儿走在元城大街上，身后跟着一伙人瞧稀罕。鹿三要放飞鸟儿时，有个爱鸟的老汉来讨要，鹿三不给。老汉说，我不白要，多少钱随你开口。

鹿三背着胳膊，把脸仰得老高，眼睛朝天。老汉哼一声，气咻咻地走了。

也有人想捉住鹿三放掉的鸟儿，可就是捉不住。鹿三竖根筷子，鸟儿就落，你放根金条，鸟儿也不看一眼，怪了！

元城人都管鹿三叫鸟人。

有一次，鹿三捉到一只受伤的鸟儿，脚上缠着一根红丝线，嵌入脚趾，肿胀了。鹿三小心翼翼地为鸟儿做手术。还有一次遇到一只无精打采的鸟儿，鹿三就知道鸟儿吃了喷过农药的谷穗儿。鹿三用剪刀剪开那鸟儿的嗉子，用肥皂水洗净，然后拿针线缝合，喂了一些小米蒸鸡蛋。第二天，鸟儿扑棱棱飞走了。

这几年，农田里有了农药，鸟儿越来越少，也就显得金贵。鹿三发誓不再捉鸟。门前那棵老槐树上却落满了鸟儿，鹿三打个呼哨，一片欢叫，翩翩起飞。鹿三就取稻谷撒在门前的空地上让鸟儿来觅食。有时候，鹿三还要去河堤的草层捉活虫子，比如画眉，专爱这一口。

儿子在县城是建设局长，一直想让老爷子去享清福。鹿三不去，说离不开他的鸟儿。儿子说县城有鸟市，鸟儿多得是，你闲着没事可以去看看。

拗不过儿子，鹿三到了县城。周末，儿子陪他逛鸟市，鸟儿瞪着圆圆的小眼睛看鹿三。鹿三心疼得不行，掏钱买几只，出鸟市就放飞了。

有一天，儿子儿媳上班走了，有人敲门。鹿三开门一看，是个西服革履的小伙子。小伙子一口一个大爷喊着，手里提着一个精致的鸟笼，说自己是鹿局长的朋友，知道大爷喜欢鸟儿，把这只红嘴子送给大爷。

这鸟儿一身黄毛，缎子一般，胸脯上一撮靛青，长长的嘴却是红色的。鹿三捕了半辈子鸟儿，也没见过这么漂亮的红嘴子。

鹿三摇头说，你这是行贿吧？小伙子笑了，说大爷真幽默，我也喜欢鸟，咱还是鸟友呢。听说您是驯鸟的高手，您帮我驯几天总行吧。

这样啊。鹿三接了鸟笼，让小伙子屋里坐坐。小伙子说声谢谢，大爷您忙。转身走了。

红嘴子不仅长得漂亮，而且会模仿各种声音。鹿三来了兴致，逗起鸟来了，一上午就驯得红嘴子和他成了朋友。鹿三还想着明天教红嘴子唱歌呢。

儿子下班，鹿三兴致勃勃地跟儿子说起小伙子送鸟的事情。儿子惊讶地从沙发上弹跳起来，说把鸟儿拿来我看看。

鹿三不知道咋回事，打个口哨，红嘴子飞过来，落在鹿三肩上。儿子拿过鸟儿，睁大眼睛，用嘴向鸟儿身上吹气，把羽毛吹开，从翅膀下取出一个黑色的纽扣。

儿子铁青着脸，一扬手把鸟儿摔成了稀巴烂。鹿三心疼得要命，说你跟鸟儿治啥气？

鹿三第二天急着回老家，临走还生气地说再也不到城里来住了。

元城锁王

锁王老彭生意极好。元城人常常看到他骑着电动车走街串巷的身影，还不时地打电话。

老彭精瘦，猴子一样，却天生一双巧手，小时候对锁感兴趣，把个好端端的锁拆得七零八落，再重新组合。高中毕业那一年，老彭喜欢上了写文章，在市报发表过一首诗，最著名的一句是：白云是我的翅膀，踏着风在月光中飞翔。老彭写的稿纸摞起来比自己还高，日子依然过得清汤寡水，女孩子说他精神病。老彭年过三十还没有讨上老婆，无奈，倒是研究起锁来了。无论多么千奇百怪的锁，他不用钥匙，一会儿工夫就开了，像念魔咒一样令人叫绝。邻居们家的锁打不开都是找他帮忙，笑嘻嘻的称他是锁王。

有一户人家失窃，知道他会开锁，便怀疑他。正好老彭下岗，在家闲着没事儿干，干脆在公安局备案，干起开锁这一行。

老彭开锁有个怪癖，公家找他，他开价很高。而平民百姓找他，却要钱极少，甚至分文不取。老彭自有老彭的道理，公家的锁重要啊，锁着的全是重要文件，当然要高价了。若是向老百姓要价高，人家一锤下去把锁砸开了，大不了换一把新锁。

仔细琢磨，老彭说得有道理。

元城县物价局长办公室的钥匙丢了，不仅办公室打不开，关键是那几个抽屉里面的资料急着用。只好找老彭来开锁。老彭来了，不亢不卑地说咱们先小人后君子，价钱一千元。局长的眼睛睁得像鸡蛋，打量劫匪一样瞅着老彭说，在这里你还敢乱要价，你打劫啊？一千元能买回两箱子锁。老彭听了并不解释，憨憨一笑，收拾工具，转身就走。

走到楼下，局长的秘书跟上来，一副生气的样子说，不就是一千块钱？给你还不行吗？老彭这才转回身，一言不发，随秘书上楼，掏出工具，这儿捅捅，那儿敲敲，三下五除二就把局长的锁全打开了。

有个年轻人贼眉鼠目地跟在老彭身后，缠着老彭要拜师学艺。老彭笑笑说，你还年轻，学点别的吧，干什么也养人。再说了，开锁是特殊行业，凭的不仅仅是技术。年轻人说，我到公安局备案还不行？老彭说，有些东西备案也不好使。

老彭40多岁的时候，手里有了一些积蓄，看上了莲湖巷鲜花店的女老板马寡妇，就托媒婆去说和。马寡妇一副贵妇打扮，可说是徐娘半老，依然风韵犹存，根本就看不上一个修锁的。马寡妇跟媒婆说，如果是个董事长什么的还值得考虑，老彭啊？一边凉快去。

老彭仰天长叹，看来世间万物皆有克星，我老彭这辈子甭想打开马寡妇这把锁了。

一天夜里，老彭正在酣睡，门被拍得震山响，一胖一瘦两个人说请老彭走一趟。夜里有人丢了钥匙进不了家，火烧火燎地来请他开锁是常有的事。老彭没有多想，穿衣下床带上工具就跟着这俩人出了门。两个人把老彭带到野外，老彭感觉不对劲，说你们要带我去哪里？胖子诡笑说，前面不远就到了。来到一个废弃的屋子里，胖子指着保险柜让他打开。老彭一看心里就明白了，摇摇头说这玩意儿啊？我打不开。胖子冷笑说，还有你锁王打不开的锁？你给我打开，价钱随你开。老彭说多少钱我也打不开。瘦子黑了脸说，别不识抬举，小心老子废了你。老彭出了一头冷汗，觉着自己两条腿打战，手指发抖。老彭咬咬牙，自己给自己壮胆说，你他妈的给老子一座金山也是打不开。瘦子挥舞着棍子要打老彭，胖子说别摊上命案。瘦子不听，猛地打过来，老彭惨叫一声倒下了。

老彭躺在医院洁白的病床上向警察描述歹徒的长相特征。警察很快就抓住了盗贼，老彭的事迹也上了当天的报纸、电视，成了新闻人物。

电视台正在采访老彭，马寡妇捧着一束康乃馨推门进来了，惊得老彭哆嗦了一下。马寡妇说那个保险柜是她店里的，里面不仅有现金，还有好多的单据，如果不是老彭，她的损失可就大了。

马寡妇剥一瓣儿橘子，塞到老彭嘴里，勾着脑袋问，甜不甜？老彭的目光在马寡妇泛起红晕的脸上流连忘返，笑眯眯地闭上眼睛说，甜，我又打开了一把锁。

 # 元城师爷

县委办公室主任严小楼写得一手好文章。县委书记明天要开会，严小楼一夜之间就把讲话稿写好了，而且很出彩。

严小楼被誉为元城一支笔，是元城八大奇人之一。奇就奇在他做了十几任县委书记的秘书，自始至终没有离开过县委大院。领导多次和他谈话，要他到下面的局里任职，他都拒绝了。他说自己在县委大院熟悉了，好多的事儿，他协调起来得心应手，换了别人不一定比他强。

领导不信，离开你，地球就不转了？领导把几件事儿交付别人去处理，果然是越处理越乱。只好请严小楼出面，很快就冰消雪释了。

其中一件事，是修路征地，公安部门出动，老百姓也不怕，要到北京告御状，事情越闹越大。严小楼的办法是去村里，和大家说说笑笑，弄清了几个带头人有亲属在事业单位任职，让这几个人的亲属做工作，什么时候做通了再回来上班。

上访事件很快就偃旗息鼓了。

这一招，不服不行。

几任县长的施政策略，都是严小楼出主意。有个初来乍到的王县长，不吃这一套，自以为本事通天，处理事务如烹小鲜。建化工园区，严小楼建议在远离县城的废弃砖瓦窑上。好大喜功的王县长不听严小楼这一套，结果被群众举报，牵扯到受贿，栽了跟头。

还有个主管建设的副县长，拉拢严小楼，想去掉"副"字，排挤一把手。其实严小楼已经看出副县长的心思，正想打通其中关节，苦于没门路呢。严小楼劝副县长好好配合工作，等县长升迁了，这把交椅还不是你的？

副县长采纳了严小楼的方案，过了半年，县长升任副市长，副县长接任，果然做了一把手。

　　县里这些事儿，还真的离不开严小楼。

　　一个开发商在河滩上建别墅，送给县委常委每人一套。严小楼叮嘱县长不能要，切莫留下把柄。过半年，建别墅的事儿被媒体曝光，捅到省里，开发商的后台很快就被查处了。

　　幸亏听了严小楼的话。县长一阵后怕，对严小楼越发钦佩了。

　　有一次，省领导来视察，市里通知各县好好招待，并且安排好了视察路线。

　　听说邻县已经到山东去采购海鲜了，县长恐慌不安，元城是否也去买海鲜？负责接待任务的严小楼倒是悠闲，跟县长说，这事儿包在我身上，咱来个"好吃不贵"。

　　省长来了，严小楼安排的是农家餐，到老百姓家里去，萝卜咸菜臭豆腐。省长吃得有滋有味，还让其他县的领导向元城学习，做勤政廉洁标兵。

　　省长在农家饭桌上吃饭的照片登在各大报纸上，反响很大。

　　这一手，绝了！大家不再喊严小楼严主任，称他是"元城师爷"。

　　一个副乡长跑官，来找严小楼。严小楼说，你不要想歪门邪道，回去栽树吧，你们乡里那么多的荒滩，你把荒滩染绿了，就是你的政绩。

　　副乡长回去发动群众植树，被省电视台做了专题报道。还有一次春灌，副乡长跳到水里，帮群众浇地的画面也出现在报纸上。副乡长很快就被提拔为乡长了。

　　新上任的乡长到严小楼家里致谢，多谢严主任指点。严小楼说，不要感谢我，这都是你自己干出来的。

　　严小楼要退休了，县里留他做顾问，严小楼不干，执意要退。

　　临走，推荐了办公室副主任牛大旗接任他的职务。

　　有些事儿，牛大旗把握不准，就去问严小楼，说您得扶上马再送一程。

　　每次来，带一只香喷喷的元城贡鸡。

　　有一次严小楼不在家，牛大旗和严夫人闲聊，问起严小楼的嗜好。

严夫人说，他啊，不抽烟，不喝酒，不玩牌，回到家没事儿就去鼓捣他的皮影。

皮影？牛大旗顿感好奇。

严夫人说，就是木偶。严小楼祖上是玩皮影的，严小楼从小爱好这个，下班就把自己关在屋子里玩木偶。

严小楼回来，听了严夫人的话，长叹一声，你吃不上牛大旗的元城贡鸡了。

果然，牛大旗再也不来请教严小楼了。

元城蛇妇

在元城，你打听谁是聂月娥，没人知道。你若是说就是那个养蛇的女人，人们犹如醍醐灌顶，哦了一声，说你说的是她啊，用手一指，看到没有？住城南街张家胡同第三户，大门朝东，穿红衣服的那个漂亮女人就是。

聂家是外来户，自然要受到胡家人的欺负。偏偏聂家又没有男丁，这就让聂月娥的父亲见人矮三分，忍气吞声地抬不起头来。聂月娥倒是出落得像一朵莲花，才 16 岁，挺拔的个头，匀称的身材，皮肤像剥了皮的鸡蛋一样白嫩喜人，说起话来像清脆的琴声。聂月娥走在大街上，乌黑的眸子有一种莫名其妙的东西在男人们的心里膨胀。

胡大庆手里提着二斤喜果子来托高媒婆到聂家提亲。聂月娥的父亲一听是胡家，吓得嘴巴像抽风一样嗫嚅了半天。胡大庆人长得比大老鼠也强不到哪里，黑得赛泥鳅。人懒，小麻雀眼睛倒是勤快，受了惊吓似的常年眨巴不停，一说话就露出黄兮兮的，芝麻一样细碎的牙齿。聂月娥一百个不答应。

后来，聂家的下蛋鸡死了好几只。母亲要骂街，被父亲一把拦住了。

又过了几天，聂家的羊又死了好几只，父亲伤心得坐在门口哭。

晚上，聂月娥睡得晚，刚钻进被窝就听得有人咚咚咚的踩墙头，吓得聂月娥吹灭了灯，屏住呼吸，心跳得厉害。过一会儿，听到拨门闩的声音，聂月娥害怕了，问道：谁？

拨门闩的人惊叫一声蛇，狼狈而逃。

聂月娥听出来了，是胡大庆的声音。她惊恐未定地拉着了电灯，却见到门闩上有一条擀面杖般粗细的花蛇。

聂月娥最害怕蛇。今年春天她看到有一只蛇在鸡窝里吞鸡蛋，吓得她至今还不敢到鸡窝跟前去。可是现在是蛇救了她，她竟然不害怕蛇了，甚至还想对蛇说几句感谢的话呢。

一想起胡大庆，聂月娥心里一阵悸动。她说，蛇啊，你不要走，陪陪我。可是蛇还是爬走了。聂月娥心里像闹八级地震，一夜没敢睡，庆幸蛇救了自己。第二天，她向父亲要了一千块钱出门了。

再回到家里时，聂月娥背上多了一只竹篓。人们围过来问到，你背的什么宝贝？聂月娥放下竹篓说，你们自己看吧。打开了，竟是数十条蠕动着扭作一团的花蛇，吓得一伙子人脸色惨白，哭爹喊娘地散开了。

聂月娥办了一个家庭养蛇场。据说晚上睡觉时，身边的笼子里盛的也是蛇。别看聂月娥一个姑娘家，还敢用手抓着蛇在街上走。一边走，一边冲着人说，凉嗖嗖的，可好玩了，不信你就摸一摸。

人们吓得直向后退，当然没有人敢去摸了。有一个胆子大的后生和人打赌试探着刚刚伸出手，那蛇就冲着他吐蛇信子，吓得后生的手又缩回去了。

聂月娥姑娘家家的竟然玩蛇，是不是不正常啊？这下连一个来提亲的也没有了。一说起养蛇的那个姑娘，媒婆子也摇头晃脑，手掌摆得像风吹旌旗，说那个蛇娘子啊，那个蛇夫人啊，不行不行。好像聂月娥也成为蛇了。

那个胡大庆呢？见了聂月娥就远远的绕道走。

聂月娥提取蛇毒到南方去卖。据说蛇毒是一种名贵的中药材，值钱着呢。一来二去的，就跟一个搞中医的小伙子相好了。小伙子落户到元城，帮着聂月娥办蛇场，今年还扩大了规模。胡家人没事干，聂月娥就让他们到蛇场来上班。他们刚开始还害怕蛇，慢慢地也适应了。胡家人管聂月娥叫聂场长，却管聂月娥的老公叫许仙。

飞贼毕三

　　毕三是元城西关人。别看他长得其貌不扬，人瘦如猴，轻功却十分了得，登萍渡水，踏雪无痕，蹿房越脊鸟儿一般，飞檐走壁如履平地，乃是元城奇人。

　　民国十二年（1923 年），元城饥馑，常有断炊人家。毕三不同于别的盗贼，他只偷大户人家的粮食，用来济贫。在元城西关，谁家没饭吃，夜间在大门口放个碗，天亮时分取回，碗里就会有黄澄澄一碗米，足够一家人吃两天。有的人贪婪，放个大号的瓦盆瓦罐，里面的米依然是一碗。

　　据说元城西关的很多人家过年不供奉财神，却供奉毕三的牌位。那年月，兵荒马乱，积金积银也不如毕三这一碗米。

　　毕三虽是义贼，还是惹恼了那些大户，雇了人，夜间潜伏在贫苦人家门口，想趁着毕三送米的时候抓个正着。岂知这毕三还会缩骨术，身子像泥鳅一样光滑，即使被人抓住手腕也能挣脱。只见毕三大喝一声去也！纵身到了房顶上，转瞬间，脚踩树梢，箭一般没了踪影。

　　后来，几个大户联手，放火烧了毕三的两间柴草屋。毕三没了栖身之处，一声长叹，干脆投靠了土匪晋麻子。

　　毕三是孝子，清明节这一天潜回元城给母亲烧纸。黎明时分，他沿着漳河沿儿飞走，突然脚下一滑，跌进陷阱，挣扎不脱。大户的家丁伏在远处，鸟兽一般蜂拥过来，用铁钩子把毕三抓出来，绑了，塞进布袋里面，送到县政府。

　　县长眨巴着小眼睛给毕三松绑，笑眯眯地指着一桌盛宴说，毕老弟受委屈了，久仰你大名，请上座。

县长拍拍巴掌，有人托出一盘黄金。毕三疑惑地望着县长。

县长叹口气，忧心忡忡地说，本县上任以来，终日为元城的安危而夙兴夜寐。如今地方混乱，土匪蟊贼打家劫舍，30万父老乡亲吃不饱饭，何以安居乐业？县长顿了顿又说，你这样漂流下去也不是办法啊！若能擒贼先擒王，杀了晋麻子，为民除害，我代表政府赏你黄金百两。以后你在城里安家，娶妻生子，岂不美哉？

毕三却不为所动，哂笑道：我既然被你捕获，要杀要剐随你便，也绝不皱眉头，出卖朋友的事情不是我辈作为。

果然是条汉子！钦佩钦佩。县长笑笑，捧起一杯酒说，我敬老弟一杯。

谢谢了！话音未落，毕三已经纵身到了屋脊上，大笑一声，消失在黑暗中。

惊得县长目瞪口呆。

秋后的一天，晋麻子跟毕三说，老弟，哥哥待你如何？毕三抱拳说，俺与哥哥情同手足，哥哥何出此言？晋麻子拍拍毕三肩膀说，我今晚刺杀元城县长，如有意外，老大这把交椅就是老弟你的。

毕三挺身而起，冲晋麻子抱拳说，这等小事何劳哥哥，待我去取县长的人头。

是夜，毕三换了夜行衣，带一把短刃，踏着朦胧月色，轻车熟路直奔县政府。

约四更时分，毕三猿猴一般从房檐跳下，拨开县长居住的偏房，一闪身跨进门槛。

忽然灯火通明。毕三大骇，转身欲走，门口落下一张渔网，罩住了毕三，竟然无法挣脱。

一阵梆子响，县长手捋山羊胡须哈哈大笑，毕三啊毕三，咱们又见面了。

毕三的目光像火焰一样射向县长，却见县长身后躲躲闪闪站着一个人，竟然是晋麻子。毕三如遭霹雳，一口鲜血喷吐在廊柱上。

斩毕三那一天，刑场上人山人海。人人头上一块白布，远远望去，云朵一样翻卷。

　　刽子手的大刀凌空劈下，却剁在石头上，闪出一串火星子。再看，只剩下绳索，哪里还有毕三的影子！

　　此后，晋麻子和县长每天夜里噩梦缠身，相继惊悸而死。

# 公子秦三

秦三是元城西街莲湖巷人，书香世家，城外有良田千顷，城内有三个铺面，经营绸缎生意，乃是元城西街首富。

秦三上有两个哥哥，夭折了，所以秦三自小娇生惯养，过着饭来张口的日子。秦三五岁发蒙，过目能诵，十三岁入法国人办的洋学堂读书。十八岁那一年，秦三要去国外留学，秦府老爷子硬是拦着不让走，老爷子气得胡须颤抖，手提拐杖厉声斥责，我还指望着你这个王八蛋继承家业延续香火呢！老爷子发完脾气就张罗着给秦三完婚，早早找个媳妇拴住他的心。

没想到这秦三不能出国留学就整天泡在书房看书，古今中外，天文地理，看得大门不出，晨昏颠倒。家人怕他读书痴迷，中了邪，劝他出去走走。

这一走，竟成了浪荡公子。

秦三染上了喝酒的臭毛病，而且酒量大得惊人，整天身上酒气冲天，不能喝酒的人近不得身。有一次喝高了，去怡红院睡觉，第二天醒来一看，怀里的妓女小月红醉得抬不起头了。

除了喝酒，秦三整天泡在赌场上。赌输了，就变卖城外的良田，谁劝也不听。老爷子大骂逆子，一口气没上来，蹬腿了。父亲死后，秦公子没了约束，愈加放纵。赌友张良、李贵俩人小眼睛一眨巴，合谋怂恿秦三以家财和良田做抵，暗中联手赢他。秦三反正不在乎，两年时间就把千顷良田输得干干净净。

莲湖巷的头面人物曲八爷出面，劝秦公子改邪归正。曲八爷算过一笔账，这么大的家业，是输不完的，莫不是被人算计，用到了别处？不

料秦三眼睛一瞪，我自己的钱财管你屁事！

曲八爷自打嘴巴说，算我多事好吧？气哼哼地走了。

到了 1945 年日本人投降，九门相照的豪宅秦府已经变成了张良、李贵的家。

张良和李贵成了小财主，有了良田，住着美屋，抱着娇妻，喝着小酒，过起了美滋滋的神仙日子。

秦三没了田产可卖，开始打三个铺面的主意。不久，又要变卖家里的金银细软。

有一次秦三从赌场上回来，要卖家里剩下的家具，老婆哭，孩子叫，招来很多人看热闹。家具抬到了大街上，人们哧哧笑，说这败家子，把祖上的东西糟蹋光了，到大街上睡啊。

秦公子站在门前的大青石上说，我卖东西你别笑，你卖东西没人要。

人们又是一场大笑。

最后一场赌，秦公子把小妾押上了。小妾跟人走时，不但不哭，反而像逃离苦海一样得意地说，俺早就跟你这个浪荡公子过够了。

只剩下发妻焦彩凤，拿一根麻绳向歪脖子枣树上系绳套，被秦三一把撸下来。焦彩凤坐地上大哭，秦三却笑道，该走的走了，该留下的留下了。

不久，元城土改，秦三被划为贫农。

张良、李贵被划为地主，不仅被没收了家财，还戴上纸糊的高尖儿帽子游街挨斗，叫苦不迭，说是中了秦三的圈套。这事儿一直延续到 1967 年，张良被打得头破血流，夜里自杀了。李贵不甘心，找到造反派说秦三才是真正的地主。

造反派来找秦三时，秦三正在村小学给孩子上课。秦三回家里拿出一张发黄的纸条说，打小日本，我可是做过贡献的，你们看看吧。

发黄的纸条上写着：今借到秦公子十根金条，革命胜利后加倍偿还。

落款是元城军分区司令黄大生。

 # 剪纸婆婆

三月的风像偷情的小媳妇，拱得你身上痒痒的；三月的阳光像猫咪的舌头，舔得你脸上麻酥酥的。

白婆婆抱着笭筐从屋子里走出来。笭筐里有一摞子五颜六色的纸和一把小剪刀。白婆婆坐在门槛上，戴上老花镜，笑盈盈地剪起纸来。剪一个猪八戒背媳妇，再剪一个孙猴儿翻筋斗。那一把小剪刀在她灵巧的手指中上下翻飞。

白婆婆寡居多年，仍然白白净净的，脸上几个浅麻子，一见人先把眼睛眯了。白婆婆说话慢，有板有眼不乱方寸，走路也慢，显得庄重了几分。元城东大街的老户人家都说白婆婆坐有坐相，站有站相，不愧是大家闺秀。

白婆婆在娘家当闺女的时候就喜欢剪纸，看见啥剪啥，剪出来的活灵活现，讨人喜爱。剪一朵花，剪一棵草，剪一只蝴蝶，剪一只蜻蜓，剪完了，谁喜欢就随便拿去。

父亲请来一个小木匠，给白婆婆打嫁妆。白婆婆那一天正好剪一个石榴贴在窗户上，小木匠就刻在了正在制作的椅子上。白婆婆心里怦然一动，又剪一个仕女。第二天仕女就被刻在了梳妆台上，活灵活现呼之欲出。

小木匠委托高媒婆到白家求婚，白婆婆的老爹白财主吹胡子瞪眼地往外轰高媒婆说，高婆子你又不是不知道，俺闺女已经和东街刘家的四少爷定下了。再说也要讲个门当户对，俺闺女也不能嫁给一个木匠啊。

高媒婆悻悻地前脚走，白婆婆后脚就跟到了小木匠的家。白婆婆扭着杨柳般的腰肢，洗衣做饭，俨然就是这家的女主人。等白财主找到小

木匠家时，已经晚了，生米做成了熟饭。

白婆婆给她爹磕了一个头，然后脱下身上的衣服，摘下头上的首饰说，值钱的东西俺一件不要，就要这把剪刀。

气得白财主浑身抽筋，大叫一声丢死人了，跺脚而去。

村里人知道白婆婆心灵手巧，有一手剪纸的手艺，谁家娶媳妇办喜事，都来找她剪喜字。也剪喜鹊登枝，也剪五子登科，讨个吉利，图个喜庆。逢年过节，白婆婆剪一些花花绿绿的鸟啊，草啊，随便送人。

小木匠常常外出做活，有一天深夜想到家里撇下一枝娇艳的花，哪里能放心得下！喝得醉醺醺的向家赶，从漳河桥上跌下来，等有人发现时已经是冰凉的了。

望着白婆婆趴在小木匠身上号啕大哭的样子，人们都叹息着说荒芜了一块良田。

村里就有喜欢耕作的勤快人半夜里来敲白婆婆的门。黑暗中，吓得白婆婆缩在被窝里像一只冻得发抖的猫儿。白婆婆手里攥紧了剪刀说，谁？我要喊人了！

渐渐的没了声息。白婆婆再也睡不着了，半夜里哭起了小木匠，狠心的死鬼啊，你咋就撇下我不管了啊。鼻涕一把泪一把，凄悲的呜咽让人听得毛骨悚然。

第二天就见白婆婆大门上贴了两幅剪纸，一扇门上贴一个凶煞的钟馗。

村里再有人家娶媳妇办喜事，不再找白婆婆剪纸了。有一次白婆婆自己带着剪刀找上门去，人家倒是满面堆笑地请她喝茶，就是不提剪纸的事儿。白婆婆好生纳闷，悄悄打听，才知道自己成了寡妇，人家嫌晦气。

城里有一个叫刘四的人退了休没事做，来找白婆婆说俺也想跟你学剪纸。白婆婆说你这老头干什么不好，闹啥闹？刘四说你这是艺术，你懂吗？你是民间艺术家，你剪出来的都是宝贝。

刘四拿着白婆婆的剪纸去了县文化馆。

县文化馆为白婆婆办了一次剪纸艺术展览，掀起一场不小的轰动。白婆婆上了电视，上了报纸。有一个外国人买走了白婆婆半屋子的剪纸，还邀请白婆婆到城里去。白婆婆没出过门啊，刘四陪着白婆婆在城里住了几个月呢，白婆婆真是大开了眼界。

刘四说这下你该教我剪纸了吧。白婆婆说你一个老头子还学什么剪纸啊？刘四说我喜欢的是你的剪纸艺术。白婆婆笑笑说，看你挺实在，就收下你这个徒弟吧。

又过了一年，刘四说，我不但喜欢你的剪纸艺术，还喜欢你这个人。刘四剪纸没学会，却和白婆婆住在了一起。刘四把一个大红的喜字贴在床头，指着白婆婆，向前来看热闹的人们说，瞧一瞧啊，我剪出来一个活的。

白婆婆羞红了脸说，和你活着是夫妻，死后还要和小木匠圆坟呢。

这刘四就是当年元城东街刘家的四少爷。

泥人打鼓

清末，元城县西北四十五里的沙圪塔村有一个叫康大成的落魄文人，到保定乡试被主考官以衣冠不整为借口赶出了场子。回家那一天适值天降大雨，路滑，跌跌撞撞跨进家门，神情沮丧地坐在门槛上感叹自己白白苦读了二十年圣贤书。康大成信手从脚下撷一把泥巴，想着让他恨得咬牙切齿的主考官形象捏了一个泥人。挖去心肺，又在一侧插上几颗铁钉。过两天，泥人晾干了，康大成还觉着不解恨，在泥人的空肚子上蒙了一张浸过胶的牛皮纸，绷得紧紧的。再捏几个绊子，夹上竹篾子，轻轻摇动，绊子旋转着轮番打动竹篾儿，两根竹篾儿敲在鼓上，发出哈啦啦的声音。康大成听着舒服，常常拿着泥人取乐，像在听那主考官遭受酷刑般的呻吟。而别人听起来却是清脆悦耳，特别是小孩子，爱不释手，像是听到了蝈蝈叫。

也得考虑吃饭问题啊，为衣食忧的康大成打起了泥人的主意。干脆取来自己的砚台，在砚台的背面刻出一个凹形的人像做模具，每天能脱出几百个泥人来。沙圪塔有的是胶泥，也不讲究什么艺术，胶泥和棉絮掺在一起揉透了备用，冬天坐在火炉子边上，一个个脱出来晾干。然后过胶、插钉、绷竹篾儿、安绊子。做好了，走城串乡沿街叫卖，每到一处很快就被小孩子围拢过来争抢着购买。

泥土也能变成钱啊，康大成发了一笔财，康家的泥人打鼓手艺也流传了下来。据说还卖到了北京城，进了皇宫。慈禧老佛爷正为戊戌变法犯头疼，整天耷拉着脸，饭也不想吃。看到康家的泥人打鼓，乐哈得不行，还问这小人儿叫什么名字。身边的太监也忘了叫什么，光知道这东西摇动起来就会发出悦耳的响声，随口说叫哈啦啦。哈啦啦？老佛爷一听，笑得更欢了。

泥人打鼓还曾经卖到了东北，张作霖瞧着新鲜，让马弁买了一个，一路摇着泥人，一路哈啦啦的声音，把大帅的胡子乐得一抖一抖的。这泥片子小玩意，妈拉个巴子的神透了。

1942 年，元城县抗日大队九个伤员到村里养伤，被告密，日军驻元城司令部东一郎少佐纠集一个中队围剿沙圪塔。康家后人康养斋从家里搬出一筐泥人打鼓，吩咐村里男人每人一个，一起摇动，哗啦啦，哗啦啦，像雨后蛙鸣一样震耳欲聋。日军被这莫名其妙的声音惊呆了，这是什么新式武器啊？一时间不知所措。迂回了俩时辰，抗日大队的伤员已经被秘密转移了。

东一郎是个好奇心强的中国通，要探究这怪异的声音到底是怎么回事。沙圪塔再一次被日军包围时天刚放亮，把正要出门的康养斋堵在了家里。东一郎笑眯眯地让康养斋给他演示做泥人打鼓的工艺流程。康养斋斜视了东一郎一眼，一言不发。东一郎把康养斋吊到房梁上一阵暴打，只打得血肉模糊。

东一郎走时从康家弄走了半筐泥人打鼓。让东一郎欣喜若狂的是找到了康家的镇家之宝，那脱制泥人的砚台模具。一听说砚台模具被掠走了，康养斋气得大病一场，仰仗着年轻，才没有丢了性命。康养斋从土炕上爬起来重新制作了模具，上刻"抗击倭寇"四个小字，才使得泥人打鼓的手艺传承了下来。

"文革"时，康养斋上大学的儿子康剑飞因为和海外的同学通信被炒了家，"抗击倭寇"的泥人模具也被造反派翻走了，不知去向。"文革"以后，塑料玩具、电子玩具灯光闪烁，奥特曼风靡儿童世界，泥人打鼓也没了市场，销声匿迹了。

前几年，元城县抢救民间文化，在文化馆工作的康剑飞想到自家的祖传绝活儿，回老家问他的父亲康养斋。风烛残年的康养斋只能口述制作流程，关于制作的模具和样品，连影子也找不到了。

2007 年冬，康剑飞随中日文化交流团到日本考察民间文化，在东京一个博物馆的玻璃橱柜里惊异地看到了泥人打鼓和一尊砚台模具。

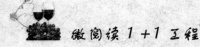

说明是用日文写的，不认识，就问翻译。翻译说上面写的是产地，中国元城。

康剑飞拍了一个照片带给父亲康养斋。康养斋让人搀扶着，带上老花镜看了，不由得泪雨滂沱，血气上涌，瘫倒在地。唤来医生抢救时，已经停止了呼吸。

邱家肉铺

　　元城南街有个王家肉铺，老板跟相好的女人私奔了，留下娇艳的老板娘邱香云。

　　一个女人，日子咋过啊？邱香云长叹一声，只怪自己不能生育，空长了一副好皮囊，没能拴住男人。

　　男人在时，一天杀一口猪。男人把猪按到石台上，一刀捅进去，血浆喷出老远，邱香云就用瓷盆接了。男人力气大，然后把猪的四蹄切开一个小口子，用嘴吹气。待猪的全身都鼓胀起来，放入沸腾的水中，把猪毛退去，接下来开膛破肚。邱香云把头蹄下水端到水管子下面冲洗的时候，男人已经拿肉钩子把两扇肉吊住，挂到了临街的木架上。

　　如今没了男人，邱香云就学着男人的样子，一腔怒火发泄在猪身上。一刀捅进猪脖子，刀尖插进心脏里，任凭猪拼命号叫，不但不害怕，反而有一种豪壮的快感。邻居看了也称道，真看不出一个弱娘子能把屠夫这一行干得这样利落。

　　离开了男人，生意依然红火。邱香云把"王家肉铺"的幌子扯下来，重新做了一块"邱家肉铺"的招牌，红艳艳的，挂在门楣上。

　　邱家肉铺风生水起之时，门外被画上一个"拆"字，弄得邱香云心里七上八下。

　　邱香云长得漂亮，元城南街的汉子们没事找事来肉铺，说看肉，其实是看人。汉子们的目光被她手中的刀子晃一下，心里疯长的念想就矬了三分。常来买肉的客户中有一个白白净净的男人，戴一副眼镜，笑眯眯的。时间长了才知道这人是建设局的局长龙建才。龙建才不仅喜欢吃肉，还嘱咐邱香云给他留着猪腰子，要多少钱都可以，但必须是新鲜的。

这天晚上，邱香云正在涮洗猪肠子，有人敲门。邱香云开门一看是龙建才，手里提着一瓶酒，眼睛眯得像虾。龙建才说来拿猪腰子，顺便和你邱老板喝几盅。

邱香云说，俺是一个屠夫，能攀上建设局长是俺的福分。说话间从冰箱里取出一块猪肝切碎了，陪龙建才喝酒。邱香云喝得脸蛋红红的，龙建才盯着邱香云说，马上观将军，灯下看美人，真是白白荒芜了你这块肥田。

邱香云说，我是屠夫抛弃的女人，一股猪肠子味儿，你堂堂的建设局长能看得上？龙建才说，元城酒家那些小妮儿，一个个娇声娇气，像你这样的俺才喜欢呢。邱香云的脸腾地红了，红到了脖子，大概连脚尖也是红的了。邱香云说，你再胡呲，我把你当猪宰了。

龙建才不但不后退，反而迎上前来，伸着脖子向邱香云怀里拱，说你来你来，顺势抱住了邱香云。

邱香云一声娇喘，瘫在地上像一团泥巴。

这一下好了，龙建才隔三差五来一次，邱家肉铺也不用拆迁了，堵在邱香云心里的阴霾烟消云散。

邱香云听人说元城中学倒塌的消息是一个下午。邱香云丢下没洗完的猪下水，也跑去看。几百个孩子埋在里面一伙子家长哭得撕心裂肺，拼命地在烟尘弥漫的废墟上扒砖头。邱香云也下手扒，手指磨烂了，扒出一个孩子的尸体，吓得邱香云号叫起来。

天一黑，龙建才就来了。龙建才提着一个大箱子，慌慌张张地说，香云，你跟我一起走吧。邱香云的心还在蹦蹦跳，说去哪里啊？龙建才头上的汗就下来了，说去一个很远的地方，今夜就走，到石家庄乘飞机，机票已经托人去买了。

第二天一大早，邱家肉铺挂出两扇白花花的肉。有人走近了，大喊一声，娘哎，杀人了。

这白花花的肉正是龙建才的尸首。

元城第一笔

刚刚下过一场雨，青石板铺就的小巷清新如洗。一阵微风吹来，陈也墨心里和街上的法桐一样绽放着新绿。陈也墨手里提着一捆散发着油墨芬芳的《元城赋》来参加书法艺术沙龙。

《元城赋》是陈也墨刚刚出版的一部书帖。舞弄了大半辈子墨汁，这部书帖最能代表他的书法造诣了，他通知市报记者在日报文艺版上发了消息。《元城赋》的出版一方面是对自己多年书法成就的总结，另一方面也暗含了炫耀自己的成分在里面。

陈也墨是元城的书法界名流。师父辞世以后，他被誉为元城第一笔。他本来并不打算出版自己的书帖，说白了是让师弟桑可翔逼出来的。别看陈也墨和桑可翔平日里礼尚往来，好得像一个人，暗里却较着劲儿，水火不容。桑可翔的儿子是副市长，来找他题字的人挤破了门槛。桑可翔的架子也大了起来，总是躲避着，越躲避越是显得他的身价高。最近新建的元城广场的假山上就有桑可翔的鸿爪，落款拓印着"若云斋主"四个鲜红的大字。用陈也墨的话说，这叫老子沾了儿子的光，真是声名才气都让我这位其貌不扬的师弟占尽了。

陈也墨和桑可翔师从书法大师程北斗。程派书法若枯藤虬枝，又赛龙筋飞鸿，柔处如丝如练，刚处遒劲有力，达官贵人多有收藏。当时，两人同时拜在程北斗门下临帖，正好程北斗闭门写完了《元城初记》，遂把书稿一分为二，两个人各持半部临摹不辍。说好的一年之后再轮换临摹。陈也墨暗恋着程北斗的女儿程翠娥，程翠娥却看上了小个子的桑可翔，这就让陈也墨心里添了一把火，一年之后也不再提及交换书帖的事情。有一次陈也墨喝酒喝高了问师父程北斗说，我和桑可翔孰高孰低？

程北斗说，艺术靠的是个人的悟性，靠的是敏锐的观察力和宽广的胸怀，你二人终日临池，穿寒涉暑，难分伯仲。

陈也墨知道师父是在安慰他。

如今向桑可翔求字的人越来越多，一幅字帖润笔费五六万元。省报连续刊载了专访文章，文章中醒目的一行字就是称桑可翔是元城第一笔。还听说有人要在桑可翔大门上悬挂"元城第一笔"的牌匾，被桑可翔制止了。陈也墨知道了这事儿，就很少登桑可翔的门，偶然在沙龙上见面了，陈也墨就轻蔑地一笑说说，师弟，还是你有成就感啊。桑可翔脸一红，忙不迭地说，哪里哪里，还不是因为犬子在市里？对于那些求字、拍马屁的小人，我避之犹恐不及，哪里敢让官场铜臭玷污了艺术啊。

这就使得陈也墨觉着自己矮了师弟一截，脸上很是没有面子。

在书法艺术沙龙上向书界朋友赠送自己的《元城赋》，陈也墨春光满面。没想到的是从沙龙回来就感冒了，开始没在意，渐渐地转成了肺炎，咳嗽，不停地吐痰，身子骨像是被抽了筋一样酸软无力，住进了医院。

桑可翔和夫人程翠娥提了一兜水果、一束康乃馨来医院看望陈也墨。陈也墨听说桑可翔要来，觉着眼前添了一团乌云，就故意的闭上眼睛，转过身去。

师兄，好些了吗？桑可翔趴到陈也墨脸上问。

陈也墨只得睁开眼睛，寒暄说，好多了，好多了，后天还得去老年大学讲课呢。说完，陈也墨笑笑，像是暗含了一层意思，你桑可翔还不是沾了市长儿子的光？装什么大瓣蒜。

你在省里获了大奖，《元城赋》又出版了，真是元城书界双喜临门，可庆可贺啊。哎，师兄你别忘了请我喝喜酒。桑可翔笑着说。

陈也墨觉着师弟是在绕着弯讽刺他，半真半假地说，去锦华楼，我请你吃涮锅。

陈也墨一阵咳嗽，桑可翔连忙把痰盂捧到师兄跟前。陈也墨头也没抬，强忍着把一口痰咽了下去。

说了一阵子闲话，桑可翔想问师弟一件事情，试着张了张口又打住了。不说，心里添堵，斟酌一番，还是不忍说。

当面不好说，是怕师兄面子上架不住，就在电话里说吧。第二天，桑可翔拨通了陈也墨的手机，终于把那句话说出来了。师兄啊，当年师父那本《元城初记》手稿你还有吗？几十年了，我还想着和我这半本拼完整，找一家出版社出版，也算为师父了却了一份遗愿。

桑可翔这话说得委婉，给陈也墨留足了面子。只有陈也墨能听得出来，这话背后还有另一层意思：桑可翔看出来了，虽说事过多年，桑可翔还没有忘记《元城初记》。《元城赋》后半部大多是剽窃了师父《元城初记》的真迹啊！

准备出院的陈也墨半晌没有吱声，又是一阵剧烈咳嗽，电话摔到了地板上。陈也墨这一次吐出来的不是痰，是红艳艳的血。

锦华楼的涮锅吃不成了。

接到师兄陈也墨去世的唁电，桑可翔就后悔了，真不该问起师兄这件事。他长叹一声，名利算个啥？师兄啊，你咋就放不下呢？

# 水红色旗袍

春天的风像个勤快的小媳妇，扭动着细细碎碎的脚步在院子里荡来荡去，把大小姐身上荡出了一层细密的汗水。大小姐催促丫鬟二凤说，天暖和了，你去裁缝铺看看换季的衣服做好了没有。

二凤窃喜，心口噗噗跳。大小姐在裁缝店做了一件水红色旗袍，那裁缝就是巴奎。

巴奎不仅长得出众，一脸的英气，而且手巧心灵，做出的衣服那么合身，熨帖。元城有名望的人大多是找巴奎做衣服。

二凤七岁那一年，为了给哥哥看病，被父亲卖给秦府当丫鬟，算起来有十个年头了。大小姐长得粗粗笨笨的，二凤却出落得秀丽，高挑个，白皮肤，青青葱葱。大小姐的哥哥秦少爷打着二凤的主意，想纳为小妾，二凤却想和小裁缝巴奎做一对牛马夫妻。每一次出门买东西，二凤都要悄悄来裁缝店看一眼。

二凤取了大小姐的旗袍不急着走，从贴身口袋里抓出几颗没舍得吃的糖果塞到巴奎手里。巴奎瞅着二凤说，等我凑足了大洋，赎你出来，你给我生一窝孩子。二凤红了脸颊，娇骂一声没羞，夺门而出。

水红色旗袍穿在大小姐身上，咋看也不顺眼。都怪大小姐的腰肢太粗了，腿太短了。大小姐的嘴一撇说，收起来吧。

晚上，二凤伺候大小姐睡下，悄悄取了旗袍，自己穿起来。二凤站在铜镜前，哎呀了一声：镜子里出现一个天仙般的美人儿。再瞧这身段，二凤入迷了，没了睡意，在屋里扭来扭去。

忽然间，门被推开，一伙子蒙面人闪进来，没等二凤张口，就把一

团棉絮塞进二凤嘴里。另一个蒙面人取一条大布袋，把二凤从头到脚罩住，扛在肩上一路飞奔。过了半个多时辰，二凤被人从大布袋里放出来，定睛一看，一个黑大汉坐在太师椅上，两排列着几个狰狞的家伙，举着灯笼火把。

这里是土匪窝，自己被绑架了。

惊魂未定的二凤被人从嘴里掏出棉絮，浑身打战，不等土匪问话，忙辩解说，俺是丫鬟。

丫鬟？土匪头哈哈大笑，瞧你这身打扮，还想蒙我黑老三！一百块大洋老子拿定了。

按规矩，七天内赎回人质，过期要撕票。已经是第八天了，秦府还没有消息，黑老三这才相信二凤是丫鬟。黑老三一只手托着二凤的下巴，仰天长笑说，这么漂亮的妞，招人心疼，老子留着做压寨夫人。

这一次二凤不害怕了，秦府不救，横竖是个死。她吐口痰，向黑老三身上撞。黑老三身子一闪，二凤倒在墙角上，头上渗出了血，目光像刀子一样盯着黑老三。匪兵上前要打二凤，黑老三怔了怔，抬起手说，算了算了，真是少见的烈性女人。

黑老三不死心，听说二凤喜欢旗袍，就差人到元城城里绑架来一个裁缝，为二凤做一百件旗袍，讨二凤欢心。黑老三喝得醉醺醺地说，女人就是水做的，别看像冰一样冷，只要你对她好，日子一长，她的心就软了，化了。二凤早晚是我的女人。

绑架来的裁缝正是巴奎。

一百件旗袍做好的那天晚上，巴奎打听到关押二凤的地方，在房后挖洞，钻进房中。二凤一见巴奎，大喜过望！巴奎拉住二凤衣袖子说，快走！

二人从墙洞钻出来，走到寨墙边。二凤说等一等，我忘了一件东西，还得回去。巴奎说，逃命要紧，不能再回去了！二凤不听，挣脱巴奎向回跑。待二凤气喘吁吁地怀里抱着一件水红色旗袍回来时，被巡逻的匪兵发现。匪兵喊声如潮，灯笼火把向他们围拢而来。

巴奎急得直跺脚，二凤你真糊涂，不就是一件旗袍嘛，回头我给你做一万件。这下倒好，插翅难逃！

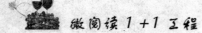

　　黑老三看到二凤怀里紧紧抱着的水红色旗袍，目光像是被蝎子蜇了一下。黑老三大喝一声：闪开一条路，送我妹妹下山！

　　二凤看看黑老三，在火光中像铁塔一样矗立着。二凤回头擂了巴奎一拳，呜呜大哭。哭得巴奎一愣一愣的，慌了神。

狗 白

狗白是啥东西？说穿了就是令人作呕的狗睾丸。可是在元城，这狗蛋蛋却是一道登大雅之堂的美食。

元城是府城治所，多有达官贵人。阔公子、贵小姐的嘴也刁，吃来吃去的，什么东西都能吃出花样来。城内裤裆胡同有一个落魄的公子哥儿，人称郭守财，原是元朝蒙古人后裔，和一屠户为邻。如今不济，专门拣屠户抛弃的狗蛋蛋来解馋。别看这狗蛋蛋有一股腥臊味儿，到了郭守财手里就成了好东西。先拿来洗净了，用花椒、盐水浸泡，然后佐以肉蔻、白芷、良姜等十几味中药爆煮几个时辰，再兑白酒去腥，以白糖保鲜，就做成了一道味道鲜美的佳肴。

据说，这狗蛋蛋关键就在做法上。怎么做的？郭守财一直秘而不宣。

几十个狗蛋蛋小若核桃，大如鸡卵，盛放在青花白瓷盆里，飘浮在金黄色的汤汁里，白白亮亮的，狗蛋蛋上蚯蚓状的血管若隐若现，煞是好看。再放上一根大葱，一把木耳，可谓是色香味俱佳，吃起来别有洞天。在吃法上也是有讲究的，先用汤勺捡回一枚狗蛋蛋放到盘中，因为灼热，要小心烫伤，需用针刺一下，竟然能喷射出一股白色的汁液来。然后咬一口，爽而不腻，松软怡人。吃到最后，连汤饮下，让人觉着汗津津的，浑身通泰，连声叫绝。

更绝的还在后面呢。

还有壮阳的功效。据说吃过狗蛋蛋的男人，晚上能返老还童。

做这一道菜成了郭守财的一手绝活儿，就开了一爿小店，也不用挂什么招牌，食客就慕名而来。真是想不到这狗蛋蛋还有如此的奇效。

有一个姓杨的人到元城任知县。这杨知县是南方人，好东西吃多了，对饮食颇有研究。他常说，好东西不是吃的，而是品的。这杨知县品来品去，便觉着舌苔无味，有人给他指点，就奔郭守财的小店来了。受宠若惊的郭守财把一盆热气袅袅的狗蛋蛋端上来，杨知县就瞪大了眼睛。一连品了十几个，拍着郭守财的肩膀连声叫好。

杨知县耸耸鼻子，说，你这道菜叫什么名字？

郭守财说，叫狗蛋蛋呗，也没什么名。

杨知县说，狗蛋蛋多不雅，得给它取一个菜名啊。

郭守财挠挠后脑勺憨笑，说叫什么呢？

杨知县说，圆滚滚的白蛋蛋，就叫狗白吧。

就叫了狗白。

杨知县便常常到郭守财这里来品狗白。品来品去，品上了瘾。品多了，三天两头向妓院跑。

这一年，直隶总督巡视元城，杨知县特意请来郭守财，摆了一场狗白筵。总督吃得咂咂嘴，当晚在元城的怡红楼宿了。不久，杨知县升任大名府台。

后来，几任知县都把郭守财奉为上宾，常常以狗白招待上级巡视大员。元城出高官，后来到元城任职的几任知县也都荣升了。待到刘知县来到元城时，可就没有那么幸运了。

却说郭守财杀狗杀多了，捉摸出杀狗的经验了。他先用食物引诱狗去吃，然后用一把特制的铁钩子钩住狗的脖子，狗惨叫一声就倒下了。他再疾步上前骑在狗身上，取出腰间利刀，旋即割下狗的睾丸，也就是眨巴眼的工夫。有一次，就在郭守财动刀子的一刹间，那狗竟然从郭守财的裆里咬下一块肉来。

郭守财大叫一声，倒在地上。从狗凶狠的目光中，他发现那不是一只狗，竟然是一只狼。

郭守财死得挺惨。

刘知县找来元城最好的厨子，无论怎么做，做出来的狗白也不及郭守财做出来的味道鲜美，而且有一股尿骚味。刘知县刚吃到嘴里就吐了出来，一边吐，一边骂厨子说，呸呸呸，你们这一群废物。

刘知县长叹一声：唉，断了老子的仕途。

技 痒

　　白大安长得精瘦精瘦的，有人打趣他说，若是让狗来吃你，一只狗吃不完，两只狗就不够吃了。说归说，笑归笑，白大安的学习成绩可谓是出类拔萃。可惜命运不济，毕业那一年正好赶上国家停止高考，只得抱着一摞子书回家扛锄头。

　　过了一年，父母就给他找了一个女孩，早早的娶妻生子，立起了门户。白大安的老婆挺能干，叉开腿一连生了三个孩子，要吃要喝的全凭白大安一个人在生产队里拼死拼活的挣工分。偏偏这白大安是个落地秀才，就像从宫里逃出来的娘娘，空有一副白白净净的好皮囊，做农活和大姑娘小媳妇挣一样的工分。工分少，养家糊口自然艰难，过着寡淡寡淡的日子，没少挨了老婆的骂。

　　白大安有一个毛病，听说生产队有重体力劳动就头上冒汗。有一次遇到挖沟，他只好装病，偷偷地在家里看书。老婆骂他说，再这样没有吃的就和他离婚。白大安正好看到《朱买臣休妻》，不由得一番感慨，给老婆讲朱买臣的故事，说朱买臣上山打柴还带着书看哩，被妻子逼得不行把妻子休了，后来时来运转做了官，一步登科，马前泼水让妻子去收，妻子羞愧而死。

　　妻子听得泪水涟涟，说你好歹也得养活我们娘儿几个啊。

　　第二天，队长说，白大安，今天交给你一项任务，你去把张庄劁猪骗狗的王老三请过来，饲养场的小猪该劁了。

　　王老三祖传三代都是劁猪的，方圆百里有名气。

　　白大安去了张庄，又耷拉着脑袋回来了，说，队长，张庄那个劁猪的王老三是个走资派，被打瘸了，来不了了。

那该咋办？队长急得团团转。

白大安说，这样吧，我来劁一个试试。但是说好了，劁一个猪，你得给我记半分工。

队长说，就你？劁死了社会主义的猪可得让你游街。

白大安说，我试试看。

回到家，白大安找出一本生理卫生书，看了看就来到饲养场，动手劁起猪来了。后来，白大安就专门负责劁猪，不用再去上工了，骑着自行车走街穿巷，全公社100多个生产队的猪都是由他来劁的。并且练就了一手绝活，劁猪不用缝口，比王老三还要绝。王老三劁猪还要用针线把刀口缝一缝呢，白大安随手在地上抓起一把土敷在伤口上就搞定了。

1977年恢复高考，白大安丢下劁猪刀子就到石家庄上大学去了。回来分到镇上的中学教书。

白大安上下班，口袋里装着一块红绸子，下班回家时就把红绸子挂在自行车前头，慢腾腾的转悠着回家来。村里人一看红绸子，不用问就知道是劁猪的，谁家里养着小猪就会把他请到家里来。劁一头猪能一赚一块钱，白大安每天上下班就能有七八块钱的收入，补贴家用，可是不小的一笔收入呢。于是有一句民谣传开了，说元城县有一大怪，白大安劁猪捞外快。

大约1984年以后，人民公社改为乡镇，白大安被提拔为元城县徐街乡副乡长，就顾不上劁猪了。再说领导干部劁猪也不雅。白大安对手里一寸多长的劁猪刀子似乎有了感情，舍不得丢下，时常带在身边，像饰物一样。又怕长期不用生了锈，闲暇，常常拿出来把玩。

这一年冬天，白大安陪着县长到村里慰问老党员，一溜小轿车和电视台记者浩浩荡荡的一队人马开进了村里。老党员家里养着一头小猪，该劁了，劁猪的人是王老三的后人王老七，推着挂红绸子布条的自行车，左看右看不敢下手。说这猪是疝气，弄不好就劁死了。白大安一看，脱去棉衣，挽挽上衣袖子跳进了猪圈，三下五除二就把小猪抓住了扳倒了，一只脚踩在猪脖子上，另一只脚踏在猪后蹄上，从腰间掏出小巧锃亮的刀子，约有一寸长，手起刀落，眨眼工夫就挤出两团粉红色的肉蛋蛋来。

王老七看得目不转睛，手里的烟烫了手，竟然忘记了抽。

电视台记者看呆了，背着录像机忘记了按开关。县长呢，嘴巴张得能塞进一个鸡蛋。

徐街乡新调来一个乡长，乡长有一个嗜好，就是玩女人。据说在原来的单位把属下的女孩子玩遍了，弄得有好几个离婚的，还有一个女孩子跳河了。乡长来到徐街乡常常往负责计划生育的几个女孩子屋里钻，吓得女孩子纷纷请假，不敢来上班。有一次晚上白大安到乡长办公室汇报去县里开会传达的植树造林工作，一进门就见搞统计的女孩慌慌张张地跑出来。白大安就觉着血向脑门子上涌，破门而入，一拳把正系纽扣的乡长打倒在床上，伸手从腰间把劁猪刀子拔出来了，吓得乡长的脸上蜡黄蜡黄的，直掉汗珠子。

乡长再也不敢玩女人了。白大安也被调到一个偏远乡镇，再也没有得到提升。

# 旋 匠

过了秋天，场光地净，村里人冬仨月没事做，便袖着手，蹲在街上晒太阳。

旋匠闲不下，推着独轮小车，随便在元城的某一个巷子口停下来，把旋床子摆开了，吆喝一声：旋擀面杖哩呀旋棒槌——，便会有人从家里拿来木料。旋匠和木匠不一样，木匠是做家具的，但是做一些圆角的，带花纹的，旋刻一类的手艺，木匠就不容易做。比如做一根擀面杖，看似简单，木工忙活半天也做不好，而旋匠有特殊的工具，三五分钟就搞定了。旋匠先把木料放在旋床子的木架上，两头顶在钉子上，可以转动。然后拿来一个竹弓，用弓弦把木头缠儿道圈，左手拉弓带动木头旋转，右手拿刀削木头。旋大件时，将刀固定，脚踩弓弦让木头旋转，进行切削。

旋匠做活儿没有图纸，全凭他的脑力，要求什么样，他就能旋出什么样，还能旋出一道道的花纹来。嚓嚓，嚓嚓，随着旋匠的手臂像拉锯一样不停地抽动，一根光滑的擀面杖就被旋好了。剩下的一截木料扔了怪可惜的，旋匠便会随手再旋一个棒槌，旋一个捣蒜的槌子，或者给小孩子旋一个小木碗、陀螺或者哨子。花钱不多，却打发得一家人其乐陶陶。

啧啧，旋匠这双手多巧。不仅为一家一户带来了欢乐，也成为农人闲暇观赏的一道风景。

牛尾巴巷的马秋月说得绝，她说木头也会说话，你信不信？旋匠就给了木头第二次生命。

马秋月这话是说给姜三听的，姜三是元城一带手艺最好的旋匠。

马秋月是牛尾巴巷的美人，绣一手女红，花草虫鱼，活灵活现，只可惜丈夫是个不中用的呆子，她年纪轻轻的就像守了活寡。姜三在牛尾巴巷一连旋了七天，吃住在马秋月家。冬天夜长，旋匠姜三就把旋床子摆开了，嘴里哼着小曲儿，给马秋月旋了一个洗衣服用的棒槌，带着哨子，捶衣服时随着手臂的起落，能发出鸟鸣一样的声音。旋完了棒槌旋木鱼儿，还刻上了一道道、一圈圈的花纹。马秋月说瞧你的衣服都馊了，脱下来我给你洗洗。姜三不好意思地脱下衣服递给马秋月时，脸一红，赶紧转过身，低下头把旋床子弄得一片流水声，顾不上哼小曲了。马秋月把一幅绣着红蝴蝶的手绢丢给姜三，姜三的手像被火炭烫了一样缩回去。马秋月说，嫌俺绣得不好啊？

　　不是不是。姜三说话都有些结巴了。

　　最后一个晚上，马秋月的老公公和一伙子人把姜三从马秋月被窝里揪出来时，傻丈夫的鼾声还打得行云流水。

　　姜三被打折了一条腿，爬出了牛尾巴巷。

　　第二天夜里，马秋月夹着小包袱刚出巷子口就被老公公截住了。几个月后，马秋月的肚子鼓起来了，生下一个儿子。

　　一晃几十年，旋匠越来越少了。当一个白发的老旋匠出现在牛尾巴巷时，人们觉着新鲜，特别是上了年纪的老人，像是时光一下子倒退了几十年。

　　马秋月从家里走出来，就有人跟马秋月说，你这老太太有福不会享，儿子都当上县长了，也不跟着儿子享清福去。马秋月就唠叨起了儿子一家。这哪里是唠叨啊，简直就是显摆，滔滔不觉得向人们炫耀儿子一家人在城里如何幸福。

　　老旋匠的目光和马秋月的目光相撞的一刹，老旋匠呆住了，干起活来总是出错。人们就说瞧瞧你这老旋匠，上年龄了就干脆在家里歇着，还出来弄啥？

　　马秋月赶紧收回目光，一只手在眼睛上揉来揉去，把眼睛都揉红了，一边揉一边说，风咋就把沙子吹到眼里了呢？

　　老旋匠的旋床子上，手扶的地方包着一块手绢，上面绣着一只翩翩欲飞的蝴蝶，时间长了，颜色有些发白了。

马秋月不等天黑就夹着小包袱出了城，小包袱里是一个带哨子的棒槌。两鬓斑白的马秋月走起路来还像当年那样利索，脚下一阵风。过了一道山岗，暮色中有一个人坐在大石头上。她的眼睛一亮，她知道那是在等她的老旋匠。

游　医

　　江湖游医多有骗术。试想，真有本领的大夫在家中坐诊也就门庭若市了，哪里还需沿街串巷吆喝着为人家看病？

　　也有例外，我说的这个游医确有绝学。

　　游医只在元城一带，也不用吆喝，都认识他，患病的人家见了他便把他请到家中。游医最擅长的是妇女病，什么崩漏、经血不调、瘙痒、乳房疙瘩，经他把脉调治很快就能痊愈了。

　　元城城里那些悬壶济世的名医对于游医是嗤之以鼻的。还有那些有钱的大户，不到万不得已，是不看游医的，找游医的大多是贫寒人家。

　　游医操外地口音，一缕长髯飘洒胸前，墨一样黑。看似长着，仔细端详了原来年龄并不大，是一个俊朗的后生。游医看病，将两根手指轻轻搭放在妇人的手腕上，目不斜视，面如止水，从来没人见他笑过。除了说病情，一个字也不多说，然后留下一张处方，拿了患者的赏钱，背上褡裢便出了门。

　　那一缕长髯是有来头的。妇人家看病羞于将私处示人，更何况面对的是一个漂亮的后生，就掩着脸推脱，甚至拒绝。有一次一个妇人羞怯怯地脱去上衣，玉乳高耸跳了出来，竟把游医看呆了，哪里见过这么白皙丰硕的尤物啊。

　　主人家一记耳光，游医看到满天繁星，轰然醒悟。

　　从此，游医来到元城，蓄一缕长髯。

　　这一天夜里，元城知县郭大开的娘子腹疼难忍，找来名医刘大夫。郭大开正为一桩棘手的案子发愁，看到刘大夫掀开帷帐，在烛光下解开娘子的腰带，在洁白如玉的小肚子上揉来揉去，牙床子像灌了醋一样发酸，没好气地说，治不好，老子就宰了你。

吓得刘大夫一哆嗦，额头上渗出了汗水，手指停止了揉搓，战战兢兢地开了一副药方，让丫环取药煎药。知县娘子服下了，依然疼得要命，在床上翻来覆去地号啕。郭大开让人把刘大夫绑在廊檐柱子上，又去请另一位名医。

时间不长，绑了七八个。

就有人推荐了游医。郭大开是不相信野大夫的，可是元城的大夫快让他绑完了，无奈之下，只得差人去请游医。

游医望着捆绑在廊檐下的大夫们，向郭大开躬身施礼说，惊吓之中，本领再大的大夫也开不出良方，恳请大人先放了这些大夫，我保证医好夫人的病。小人有言在先，不打妄语，否则你就直接把我绑了吧。

郭大开正在火头上，可是再急也没办法，夫人已经奄奄一息了，只有死马当作活马医了。

郭大开下令放人。那些大夫们被松了绑，并不敢走开，双手扶着廊柱，两条腿像筛糠。

游医看看知县夫人的舌苔，又搭脉片刻，让人速速找来一只螃蟹和四个柿子，命令丫环帮着让夫人吃了。

柿子配螃蟹有剧毒，乃是大忌啊，别说是大夫，一般人都晓得那可是万万吃不得的。廊檐下的大夫们一个个摇头叹道，夫人休矣。

过一会儿，知县娘子在床上打起滚来，腹内咕咕作响，疼痛如进，排泄不止。郭大开见状，怒不可遏，一脚踢向游医。游医倒在地上，疼得嘴里咝咝吸气说，夫人空腹吃了柿子，腹内积有柿石，非剧毒不可排泄。

郭大开犹如醍醐灌顶，上午买回一兜鲜柿子，夫人吃得不少。

这时候，天蒙蒙亮，知县娘子不疼不叫了，已经缓缓站起身来。慌得郭大开向游医躬身施礼。

廊檐下的名医们看呆了，都管游医叫老师。

至今，元城的中医还供奉着游医的神位。

神 刀

贾家的祖上是将军，神刀是贾家的传家之宝。

神刀二尺八寸长，柄上系着一缕红缨。刀锋舞动，烈日下无数个太阳在刀刃上闪烁。晚上，灼灼闪光，寒气逼人。神刀轻盈如练，握在手里，嗡嗡作响。这把刀为一个王朝的建立曾经杀人无数，帮将军立下赫赫战功，曾令敌军不寒而栗。

据说贾家祖上是远近闻名的铁匠世家，不仅打制农具，还制作刀剑。有一年贾家抗租，被当地恶霸告到官府，诬陷他一家为叛军制造武器。官府听信谗言，贾家被抄。弟兄两个在慌乱中逃到深山，发誓斩除恶霸，为父母妻儿复仇。

弟兄俩开了铁匠铺子，日夜叮咚作响，要制作一把奇锋无比的神刀。日夜锻造，总是刀锋太软，太钝，充其量只能屠宰牲口，或者砍伐树木。弟兄俩心焦似火。

这天，哥哥寻到一块颜色深谙的钨铁，知道是铁中精髓，放到炉中烧了一天一夜，只见炉火中闪出一缕白光。哥哥大喜，一边擦汗，一边嘱咐弟弟使劲儿拉动风箱。又过了一天一夜，一把刀在弟兄俩叮当作响的锤击下成型了。

淬火时，哥哥说，一把神刀靠的是灵气，没有灵气永远是一把钝刀。刀的灵气要摄取人的血浆滋养，只有嗜血的刀才是宝刀。我今年十八岁，正是血气旺盛、阳气充沛的年记，就用我的血液淬火吧。

弟弟不忍，痴呆呆地望着哥哥。

弟弟，为父母报仇就靠你了。哥哥的目光像火焰一样，说完，剖开胸膛。

哥！弟弟大叫。

血汩汩流，哥哥像是被人抽了筋骨，身子软软的，仇家狰狞的面孔在眼前划过。哥哥大喊一声：还不赶快淬火！言罢倒地。

弟弟泪如泉涌，把烧得猩红的刀子迅速插入血泊，一股红色的气浪滚过，刀光夺目。弟弟持刀飞舞，虎虎生风，光影如练，树叶纷飞。

弟弟披着星月潜回老家，翻墙越脊，砍了恶霸，把两颗人头摆放在父母坟前。

复仇之后，弟弟上了战场。凭着这把刀，犹如生了双翅，南征北战，砍下无数头颅，人称砍头王。弟弟战功显著，被封为将军。

将军戍边多年，刀光一闪，立马让对方闻风丧胆，心中的锐气矮了三分。

几年下来，神刀越发闪亮。

将军宿营，听得墙上神刀有响声，月光下，神刀竟然离开刀鞘，飞出帐篷。黑暗中一声惨叫，将军出门看，原来是敌方军营派来的刺客，已被斩于帐外。再看，神刀已经复入刀鞘。将军冲神刀叩拜。

将军老了，回到元城老家，建一座将军府。

神刀传到将军的儿子贾五手里，已是天下太平，没有了血腥。贾五袭承父位，驻将军府，镇守元城。孰料贾五凌强恃弱，抢男霸女，有人反抗，被砍于神刀之下。摄于将军的神刀，元城百姓噤若寒蝉。

有一年元城水患，百姓被淹死无数，有人告贾五贪污了朝廷下拨修大堤的工程款，被贾五用神刀劈死在十字街头。不久，贾五又到民间选秀，纳小妾。有一个叫曲三娘的女子不依，要去京城喊冤，被贾五劫下，拔刀欲砍，却见这刀飞脱贾五手中，寒光闪过，贾五的人头落地。家丁们吓得作鸟兽散。

夜里，元城人听到贾府传出哭声，凄凄悲悲似金属碰撞。走近了，竟是神刀。

如今，这把神刀保存在元城文保所，依然刀光灼灼。

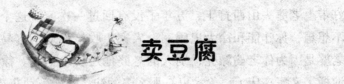

卖豆腐

天麻麻亮，大门吱呀呀一声响，老转背上一坨子豆腐出门了。沿街叫卖到日上三竿，卖完了豆腐才回家来。这时候，老转的婆娘白花花刚起来，揉着惺忪的睡眼，蹲在皂角树下刷牙。

白花花不仅眼睛大，睫毛长，头发黑，还长了一身白肉，白得带了钩，钩男人的眼珠子。白花花没有开过怀，体型丰腴，少女身材。这就好像激起了元城南街人均田地等富贵般的公愤，你老转为啥晚上抱着这么好的媳妇？

老转像一只温顺的老绵羊，村里人爱跟老转开玩笑。走在街上，人们嘻嘻笑，说老转，你出去卖豆腐，你老婆在家里卖豆腐，你老婆有固定客户，挣的钱也比你多。

还有的说，老转，你的豆腐没有你婆娘的豆腐好吃。

老转也笑笑，说还是看好你家的豆腐吧，小心让狗叼了去。

老转婆娘的固定客户是邻居徐大鬼。徐大鬼是一个企业的老板，黑白两道都有人，连襟是派出所长，表哥是副县长。元城南街的一见徐大鬼发脾气，总是觉着小腿肚子发颤。

徐大鬼每天天麻麻亮就睡不着了，屏着呼吸听老转家的动静。老转家的大门一响，他就知道老转出门了，悄悄钻到老转家，正好老转的被窝还不凉。徐大鬼也挺义气，每次都在老转婆娘的枕头下放五块钱。

其实老转心里比谁都清楚。有时候想杀一个回马枪，来一个捉奸捉双，可是老转一想就害怕。比如说到时候看到那不想看的一幕，徐大鬼说，老转，你出去等一会儿，你说等还是不等？不等就会落得个像二宝那样的下场。那时候二宝不出去等，徐大鬼给二宝一百块钱，二宝也不

47

要，拉着嘤嘤哭的老婆去了派出所。徐大鬼被派出所拉去没有俩小时就回来了，回来直接去二宝家，打掉了二宝一颗门牙。后来二宝夜里出门经常莫名其妙地挨揍，脸上总是青一块紫一块的。弄得二宝没办法，只好带上老婆去山西打工，五年了没有回过一次家。这个傻二宝啊，你就不想想，你咋能和徐大鬼闹啊，人家想收拾你还不容易？徐大鬼看上你老婆是因为你老婆漂亮，别人的老婆他还看不上呢。徐大鬼老婆长得像油桶，又瘫在床上，徐大鬼有那么多的钱，咋能不动花花肠子！

在元城西街，除了二宝老婆就数老转老婆最漂亮了，二宝一走，老转成了替罪羊。徐大鬼拍死老转就像拍死一个蚂蚁，老转怎能不低头？一想起这事儿，老转就像吞了一个绿头苍蝇。老转也想过，惹不起，躲得起，大不了也像二宝那样带着白花花出走。可是眼瞅着自己挣下的家业，实在是不忍心背井离乡。再说老转也知道自己的实力，自己除了长相，哪里也不及徐大鬼，说不定白花花已经死心塌地要跟徐大鬼了。这样睁一只眼闭一只眼下去，西门庆联手潘金莲，到头来自己赔了夫人又折兵，稀里糊涂就做了武大郎。

老转外表笑眯眯的，实际上这几天卖豆腐总是找错钱。有一回一个买豆腐的人把多出来的一块钱还给老转说，瞧你，又多给我钱了，脑子里又在想啥好事呢？

老转还是想出办法来了。

老转有个远房亲戚在县医院。老转说肚子疼，卖豆腐回来就去县医院做检查，回来时手里提着一大包药，把白花花吓了一跳。

老转说，我这病挺厉害的，你也去查查吧，一口锅里吃饭，染上了要早点治疗。

白花花心里怦怦跳，到医院检查，小三阳。白花花哭起来了。

老转和白花花得了肝炎的消息不胫而走。

天麻麻亮，大门吱呀呀一声响，老转背上一坨子豆腐出门了。老转高喊一声卖豆腐了，然后吐一口痰，呸，徐大鬼，你算个球。

老转卖豆腐要走远一点儿，到城外去卖，他的豆腐在元城西街再也没人吃了。

李麻子遇鬼

　　元城城北有个姓李的人，小时候害天花，留下一脸的坑坑洼洼，人称李麻子。这李麻子常常用朱砂、鸡血、桃木等辟邪的东西给人看虚病，挺灵验。上世纪七八十年代，农村缺医少药，三里五乡不断有人来请他看病。

　　据说李麻子年轻的时候，跟着村里的人出去挖海河，在工地上做饭。每天早上都会遇到一个拾粪的白胡子老汉，鬼鬼祟祟地在门口转悠。李麻子看老汉可怜，隔一天就偷偷塞给他几个馒头。时间长了，老汉说，小伙子，我传授你一套吃饭的手艺吧，你若是想学，明天晚上子时，夜深人静的时候，去胡家坟找我。李麻子高兴地说，好啊，可是我不知道胡家坟在哪里。老汉指着远方一棵树说，你沿着这条路一直走，到十字路口，有一片坟地，就是胡家坟了。去的时候，无论遇到什么也不要害怕，你若是胆小就算了。李麻子说，还没听说谁的胆子比我大呢。老汉笑笑又说，你去了，我送你一本书，拿了书转身就走，不要说话，更不要回头。切记，切记。李麻子说，我记下了。

　　第二天晚上，李麻子吃过饭蒙头便睡，醒来正好深夜子时，悄悄出门，朝胡家坟而来。月色朦胧，阴风嗖嗖，李麻子的头发莫名其妙地竖起来了。李麻子自己给自己壮胆说，别说我没有见过鬼，就是见了鬼又能咋？走了半个时辰，乘着夜色，果然见老汉盘腿坐在十字路口，影影绰绰，看不很清。老汉也不说话，从怀里取出一本书交给李麻子。李麻子接过书，转身就走。走几步，心里疑惑，心说老汉到底是人还是鬼？禁不住回头去看，只见一只白狐清晰可见。

　　李麻子这一回头，丢了冥眼，只能看见凡物而难辨精灵了。后来李麻子就靠这本书上的偏法给人看病，治好了很多疑难杂症。李麻子看病只看虚病，如果病人是实症，他就让病人直接去医院。我小时候夜里抽风，请过李麻子。李麻子来了，先画一道符，焚成灰让我喝下，又用鸡血洒在大门口，当天夜里我果然就好了。

据说他看病得罪了鬼怪，常常有鬼怪打劫他。

有一次天刚黑，一个人慌慌张张来请他去徐庄看病。李麻子说，明天去行不行？来人说，病人疼得厉害，怕是难熬这个晚上。李麻子低头沉思一阵说，你先走，我随后就到。

李麻子回屋里取一个铜镜子塞进腰里就出门了。他家离徐庄五里地，步行半个时辰就到。孰料半道上冷不丁冒出来一个怪物，身子像麻袋一样粗壮，脑袋却像拳头一样小。怪物横在他面前说，李麻子你要去哪里？李麻子说，看病。怪物说，劝你不要多管闲事。李麻子不说话，径直向前走。怪物的脑袋忽然像洗脸盆一样大，挡住去路，披头散发，吐着舌头说，你不害怕？李麻子说，就你这样子有啥好怕的？怪物听了，又变了一张脸，青面獠牙，嘴唇滴血，眼睛像铜铃，问道，你怕不怕？李麻子笑道，哈哈，这有啥好怕的！怪物一愣，又连续变了几个脸谱，李麻子依然笑着说不怕不怕，你这脸谱去吓唬小孩子吧。

怪物嘤嘤地哭一阵，化作一道火光，没了踪影。

李麻子来到病人家里，先找一块桃木放在门口，又画了一道符咒烧了，病人马上就不喊疼了。病人的儿子摆了酒菜款待李麻子。

不知不觉到了半夜，主人百般挽留，李麻子说离家不算远，执意要回家。

李麻子略有醉意，走在旷野上，月明星稀，远远望见一只羊朝着他咩咩叫。心说，谁家的羊半夜里出来糟蹋庄稼。转念一想，说不定这只羊迷路了，不如先把它背回家里。李麻子从腰间解下腰带把羊拴了，背在身后。

回到家，屋里亮着灯，老伴儿还没睡。李麻子喊道，老婆子快来看，我抓了一只羊。老伴儿慌忙跑出来，惊叫一声。李麻子回头看，哪里是什么羊，分明是一个白花花的招魂幡。

呸呸呸，气得李麻子跺跺脚连啐几口。

第二天一早起来，李麻子扛着秤去村头买柴，正巧遇到邻居在河边。李麻子到河边和邻居说话，秤砣从肩上脱落，滚到河水里。邻居说快捞出来。奇怪的是那秤砣浮在水面上，慢慢地向河中心移动。李麻子觉着蹊跷，秤砣落水岂有不沉水的道理？

　　李麻子笑道，我才不会上你水鬼的当。一语未了，秤砣扑通一声沉入水中不见了。

　　惊得邻居睁圆了眼睛，好久才喘过气来。

刘婆婆斥鬼

元城南关的刘婆婆是个热心人，爱管闲事儿。而且懂巫术，有冥眼，东家生灾、西家闹病，少不了她忙前跑后帮着医治。

这年夏天，天热得出奇，刘婆婆在屋里睡不着，就爬到临着巷子的屋顶上去睡。睡到半夜，凉风习习，刘婆婆打个哈欠，听到巷子里哗啦哗啦的响声，像是谁在抖动铁链，还伴着一个小孩子的嘤嘤啼哭声。刘婆婆听了一会儿，觉着这孩子像是邻居家的孩子小全。小全是个调皮的孩子，昨天还偷摘了刘婆婆家的豆角呢。可是深更半夜，睡得好好的，孩子再调皮也不能用铁链子打啊。又一想，不对事儿，刘婆婆顿觉脊梁沟像是冒凉风，头发竖起来了。

俺不走，俺不走，孩子的哭声清晰可辨。

借着月光，刘婆婆悄悄从房顶上爬下来，回屋里找了一把菜刀，划破中指，把血涂到菜刀上。蹑手蹑脚冲到巷子里，大喝一声，挥舞着胳膊一阵乱砍。

只见一溜火星顺着巷子走了。

刘婆婆把小全家的大门拍得山响。睡梦中的小全父母慌慌张张起来，揉着眼睛开门。刘婆婆急不可耐地问，小全在家吗？小全父母说，在啊，在屋里睡得好好的，怎么了？刘婆婆说，快去看看孩子。小全父母一头雾水，莫名其妙地来到屋里，点亮了灯一看，只见小全面色蜡黄，呼吸全无。

小全父母吓得大惊失色。

刘婆婆说，快去找个箅子来。说着话，拿了小全一件衣裳，搭到箅子上，来到巷子里做搂草状，嘴里还喊着，小全回家，小全回家。刘婆婆一边喊一边走，一直走到小全身边，拿起衣裳向小全身上抖了几下，小全的脸色慢慢红润起来。刘婆婆又从发髻上取下一根针，在灯头上烤红了，扎在小全的人中上，挤出几滴黑紫的浓血。过一会儿，小全哇一声哭出声，小全父母才长长叹出一口气来。

刘婆婆说，小全一定是白天闯祸了。方才带差的小鬼儿来索他的性命，被我赶走了，他们不会罢休，一会儿还得来，快点做好准备。小全父母一听，头上冒冷汗，四肢颤抖。小全父母你看我、我看你，忽然想起吃晚饭的时候，小全说下午在田里割草，一条擀面杖一般粗的黑蛇追着他，他用镰刀把黑蛇砍死了。刘婆婆说，别怕，邪不压正，有我在。快去找七根蜡烛，捉一只公鸡。小全父母哪里敢怠慢，一个取蜡烛，一个捉鸡。

刘婆婆把蜡烛点燃，又把公鸡的头砍下，用鸡血在院里画一个圆圈。过了一会儿，刘婆婆说，你们躲起来，不要出来，他们来了。果然一个旋风由远而近，小全父母忙躲进屋里，扒着窗户向外偷窥。只听刘婆婆厉声喝道，你是哪路大仙？不在家修炼，出来找孩子的事儿。过一会儿，又听刘婆婆哈哈大笑说，我就是爱管闲事儿，而且这闲事儿我管定了。你这蛇精想吸孩子的血，当我不知？你害人不成反被孩子杀死，是你咎由自取。反倒恶人先告状！我随你去见阎王，看看还有没有说理的地方。

旋风一阵呜咽，渐渐消失了。

刘婆婆又说，你们这些当差的，也不问青红皂白就来抓人。这么小的孩子你们也忍心？不知道得了蛇精多少好处呢。就是阎王也让我三分呢，回去告诉你们城隍爷，再这样受贿徇私，我砸了他的泥塑，拆了城隍庙。

刘婆婆站起身，挥动菜刀大喝一声：还不快滚！

又是一阵阴风嗖嗖，院内重归阒寂。

小全父母在屋里看得心惊肉颤，汗如雨淋，跑出来给刘婆婆磕头。这时候，天渐渐亮了，蜡烛也燃尽了。刘婆婆从地上站起来，拍打着身上的泥土说，快去给孩子煮一碗姜汤喝，一会儿还要去上学呢。

说完，像是什么事情也没有发生，回家去了。

 # 麻先生

元城北街村的麻先生姓徐，小时候出过天花，落下了一脸大麻子，才被人称作麻先生的。麻先生一生从事巫术，治过很多的疑难怪病。

据说，麻先生会带阴差。有时正在吃着饭，有时正在田里做农活，麻先生就会突然倒地，像睡着了一般。这时候不要去管他，他去带阴差了，过一会儿自己就醒来了。他醒来后，徐街村里就会有一个人过世了。

信不信由你，反正徐街人深信不疑。

有一次他在田里割稻谷就突然倒地，过一会儿醒来跟邻居王胡子说，不好了，快去看看吧，你三叔死了。王胡子说，尽胡诌，刚才我还看见三叔在家吃饭呢。麻先生说，你再回家去看看。

王胡子丢下镰刀回家，刚走进三叔的门口，屋里就传来天崩地裂般的哭声。

还有一次，王胡子赶着驴车去元城赶集，麻先生搭车。半道上，驴一阵大叫，就见麻先生从车上跳下来，跟王胡子说，你先走，前面等我。王胡子不知道麻先生葫芦里卖的什么药，走了几步回过头再看，就见麻先生像和人打架一样，一个人在路上东一拳、西一脚的蹦来跳去。跳了一阵子，大口大口地喘着粗气跑过来说，这几个野鬼还想打劫我呢，被我赶跑了。惊得王胡子出了一身冷汗。

那时候医疗条件还不发达，谁家的小孩子半夜里哭闹，生灾害病的，都请麻先生过去跳大神。特别是小孩子抽风，麻先生取出一根银针，扎在耳垂或者人中，挤出几滴黑紫色的血，孩子很快就好了，立竿见影有奇效。有时候麻先生也会说，去卫生所拿药吧，孩子得的是实病。也有的老年人有病了来请麻先生，麻先生先把脉，病人家属就用焦急不安的

眼神盯着麻先生的脸，生死簿全在脸上写着呢。麻先生忙活一阵说没事了，病人三五天痊愈。病人家属就如释重负地叹过一口气来，满面堆笑的答谢麻先生。如果麻先生的大脑袋一摇，病人家属心里就会咯噔一下，阴了脸。麻先生临走还会叹息一声，说准备后事吧。就走了。

"文革"时，小学校长徐秃子被绑在村头的大槐树下，打得死去活来，让徐秃子承认给国民党送过情报，当过地下联络员，是蒋介石的狗特务。麻先生救了徐秃子一命。麻先生对造反派头子徐二梆子说，还不回家去看看，你孩子翻白眼了。徐二梆子说，放屁，老子不信你这一套，再多嘴连你一块儿收拾。正说着，徐二梆子老婆连哭带叫地跑来说，快回家看看吧，孩子不行了。徐二梆子这才鞋窝里长草，荒脚了，丢下鞭子向家里跑。

麻先生死得挺怪。

据说有一天夜里，有人套着马车来请麻先生看病。夜里出诊，已经司空见惯了，麻先生背上药箱子出了门。

夜，像墨染了一样，黑得瘆人，还淅淅沥沥地下着小雨。麻先生上了马车，半道上用手一摸，车轮子是纸糊的，知道遇上鬼了，头皮子发麻，暗暗的取出一根银针攥在手里。也不知走了多长时间，有人喊一声麻先生请下车吧，到了一个大户人家门前。屋子里灯火通明，人很多，进进出出显得很忙碌，院子里还架着一口大锅，几个人不停地向灶膛里添柴，像是要杀猪的样子。到了厅堂落座，有一老者病恹恹的，却双目放光，不住地偷窥麻先生。麻先生心里早就明白了，故意做搭脉状。说时迟，那时快，待老者伸出手臂，麻先生手持银针向老者刺去。

只听得轰隆隆一声巨响，灯光皆无，细雨蒙蒙，一团漆黑。

来人啊——，麻先生大骇，高声呼救。亏得那天夜里有看秋的人，提着灯笼赶过来，只见一个坟墓坍塌了，露出半截子棺材，麻先生坐在棺材上。

麻先生深一脚浅一脚地步行了 30 里，天亮才走到家。不久就一病不起，死去了。

神秘的黄小才

邯郸西部是茫茫太行山，山区和平原接壤地带的小煤窑遍地开花，成了淘金者的乐园。外地的年轻人成帮结队来这里打工。上世纪九十年代，我去那里开馒头店，供应几家个体小煤窑的矿工吃馒头。刚到那里，人生地不熟。后来认识了一个叫张大伟的窑主。张大伟的小煤窑前几年因为瓦斯爆炸，死了30多个矿工，死去矿工住过的房子没人敢住，我就把其中的一间租下来做仓库，专门存放面粉。

面粉都是从邯郸东部几个县里买进来的。邯郸东部种植小麦，面粉价格便宜。

一个精瘦的汉子来找我，说是推销面粉的，价钱绝对比别人低。我听他的口音熟悉，就问他，你是大名县的吧？咱还是老乡呢。汉子笑笑说，我是大名县迁庄的，叫黄小才。我说，我跟迁庄还有亲戚呢，黄金强你认识不？那是我表弟。黄小才笑了，说金强和我是邻居。我说，既是老乡，还是我表弟的邻居，我请你喝酒。黄小才也很义气，推说去厕所，却提了一块酱牛肉回来，说咱们喝个一醉方休。

黄小才又喊了几个哥们一起喝酒。喝到深夜，我醉眼蒙眬起身送他们，一出门却看不见他们了。第二天见了黄小才，我还说，你昨晚和我玩什么藏猫猫？黄小才就笑。

后来我一直用黄小才的面粉。

快要过年了，我跟黄小才说，这些面粉够我用的了，先停停，年后咱们继续合作。黄小才说也好，我和我的几个哥们这几天没事儿，给你帮忙吧。我说我这里不缺人手，你还是歇着吧。黄小才好像是不高兴了，说你不相信我啊？话说到这份上，我只好让他和他的哥们帮着我，用三轮车给张大伟的煤窑上送馒头，我还说回来我请你和你的哥们喝酒。

到了矿上门口，黄小才的脸色蜡黄，说是腿抽筋了，大喊着让我拉他一把。我回过头，一下把他推进大门说，你真有趣。几个人先把馒头送到食堂，转身却不见了黄小才。我心说，这家伙到哪里去了？

我只好先去见张大伟，先把账结了再说。

推开张大伟的门，吓得我毛骨悚然，魂飞天外！张大伟斜坐在老板椅上，头上被人砍了几刀，血流如注。

杀人了！我大喊着，跌跌撞撞地跑了出来。

因为我是第一个见证人，公安局把我叫去审问，直到大年三十才放我出来。这个案子悬了起来。

过年回老家，我到表弟家拜年，打听黄小才。表弟说，你打听他干什么？黄小才已经死去两年了。我说不可能，年前他还和我在一起喝酒呢。表弟说不可能，除非你见鬼了。黄小才在邯郸西部的小煤窑挖煤，井下瓦斯爆炸，30多个人一个也没有上来。处理这件事的时候，我去矿上了，窑主叫张大伟。听说张大伟把好多尸体偷偷掩埋了，我们不依不饶才抬回黄小才的尸体。张大伟真黑啊，只给了一万块钱，害得我们跟他纠缠了七八天呢。黄小才的尸体埋在村北了，不信你去看看他的坟，还有墓碑呢。

表弟从柜子里翻出一张照片说，这是我和黄小才的合影，你看看是不是这个人？

我一看，浑身像筛糠，脸色焦黄，说话都磕巴了。站在表弟身边的，不是黄小才还能是谁？

腊 梅

说话间，大雪就纷纷扬扬地飘下来了。

腊梅和青竹一前一后走在雪地上，脸蛋红扑扑的。青竹说真是雪打腊梅花了。

腊梅就笑，我可是没有那么美？

青竹说，在我眼里你就是西施。

青竹托了媒人到腊梅家求婚，腊梅娘一句话就把媒人打发了。腊梅娘跟腊梅说，你和那个人认识才几天？咱又不了解那人。依我看你还是嫁给贵生吧，人家贵生的舅舅在电力局上班呢，再说贵生这小伙子也不错，和咱一个村子，知根知底。

贵生小时候扒过腊梅的裤子，一说贵生，腊梅就来气，嫁给谁也不嫁给贵生。腊梅的嘴一撇，冲着娘说，要嫁你嫁，打死我也不嫁给贵生。

腊梅娘气咻咻地说，咋说话呢？嫁汉嫁汉，穿衣吃饭，娘是为了你好嘛，你咋就不懂娘的心，模样好能顶饭吃？

腊梅才不听娘这一套呢。又是一年过去了，腊梅和青竹在县城租了房子。

闲下来的时候，腊梅说咱们靠打工，每个月才挣1000多块钱，除去房租和吃饭，猴年马月才能攒够买房子的钱啊。

青竹说，你就知足吧，跟在田里侍候那几亩坷垃地相比较，咱们已经不错了。再说了，做生意咱没资金，干别的没技术，除了给人家打工还能干啥？

腊梅盯着青竹看，像是忽然想起曾经存过一笔钱一样惊喜地说，青竹，你有力气，咱可以自己当老板，开一家力气公司啊。

力气公司？青竹茫然不解，说腊梅你就异想天开吧。

腊梅说谁异想天开了？咱有力气，只要咱不怕累、不嫌脏，咱可以去卖蜂窝煤啊。

青竹扑哧笑了，还自己当老板，原来是卖蜂窝煤啊。

腊梅说，卖蜂窝煤咋了？一不偷，二不抢，凭自己的力气，流自己的汗，也不丢人。我看过了，城北一带的居民都是靠蜂窝煤做饭取暖，而现在的人都怕脏怕累，没人去卖蜂窝煤了，咱卖，肯定不愁销路。卖蜂窝煤比上班挣得多，等咱们有钱了，到义乌倒腾服装，开一家服装店。服装店开大了，咱就开分店，分店开多了，咱就建一座服装城。到时候咱就是大老板了。

雪越下越大了，青竹拉着一车蜂窝煤，牛一样弓着腰。腊梅找一根绳子系在板车一侧，帮着青竹。

走进居民区，青竹还是低着头。腊梅说你吆喝啊，人们都在家暖和着呢，你不吆喝谁知道啊。青竹的脸红红的，嗫嚅着说，喊不出口。腊梅白了青竹一眼说，看我的。

腊梅咳嗽一下，谁要蜂窝煤——

青竹看看前后没人，试试嗓子，谁知道这一喊就和腊梅喊顶了，两人相视一笑。

上午把一车蜂窝煤卖完了，下午又到煤场拉了一车。腊梅的脸蛋冻得红红的，嘴里却哼着小曲。青竹汗津津的，头上冒着热气，说美得你！要上坡了，我可是没有了上坡的力气。腊梅就绷紧了嘴唇说，我还不信过不了这个坡。说着话弯下腰，把绳子拽紧了。

腊梅和青竹忽然觉着轻松了一些，回头看，原来是腊梅娘。娘的肩上背着一个包，进城来看闺女。腊梅兴致勃勃地说，娘你咋来了？娘笑了笑说，想闺女啦。腊梅说走，今天开门红，咱到前面小酒馆吃一碗热面条。

离小饭馆不远了，腊梅穿着小红袄，小饭馆的老板说，快看，雪地上咋飞过来一团火？

买　烟

　　出了煤矿大门走几步，一转弯就是宿舍区。宿舍区一流小平房铺陈在起起伏伏的山坡上，最东头的一间门脸就是刘寡妇的小卖部。

　　周玉贵是看大门的，常常到刘寡妇的小卖部去买烟，一双脚早就把这条路踩熟了。煤矿对门有一家超市，周玉贵却不去那里，绕弯来刘寡妇的小卖部，你说这人怪不怪！

　　周玉贵是和刘寡妇的男人一起到矿上来的，在井下干一样的活儿。出了一次事故，刘寡妇男人上来就成了一具尸体，而周玉贵只伤了一条腿就不再下井了，领导安排他看大门。矿上对刘寡妇也算照顾，让她带着两岁的孩子在宿舍区开了这个小卖部，卖些针头线脑，还有烟酒和猪头肉。刚开始，生意挺好，后来煤矿对门开了超市，好像一下子就把小卖部的风水夺走了。

　　周玉贵第一次跨进小卖部时，说买一盒烟。刘寡妇说你不是不抽烟吗？周玉贵说晚上一个人值班，觉着烦闷，就抽烟打发时间。刘寡妇递给周玉贵一盒烟，周玉贵抽出一根呷在嘴上，从口袋里取出打火机，点燃了，抽一口，呛得咳嗽。

　　刘寡妇就笑，说你还是别抽了，染上烟瘾对身体可是没有好处。

　　周玉贵又是一阵咳嗽，咳得脸上像是挂上了火烧云。周玉贵冲着刘寡妇点点头，就逗孩子，逗得孩子咯咯笑。

　　别的男人也喜欢到刘寡妇的小卖部来，磨磨叽叽不走，还让孩子喊爸爸。孩子正学说话，就喊了，刘寡妇就骂。周玉贵从来不和刘寡妇开这样的玩笑。

　　有时候周玉贵值后夜班，买了烟不急着走，要一瓶酒，再买半斤猪头肉，让刘寡妇给切碎了，坐在刘寡妇炕头上一边喝酒，一边聊一些矿上的事情。周玉贵喝多了，从刘寡妇怀里抱过来孩子，让刘寡妇也喝，刘寡妇喝一口就脸红了。周玉贵瞧着刘寡妇笑，笑得刘寡妇的脸颊愈加红了。不知不觉快到后夜班时间了，周玉贵醉醺醺的还要喝，刘寡妇往外推他，他才踉踉跄跄地走了。

有一次周玉贵买烟，小卖部闩着门，周玉贵手都拍疼了，刘寡妇才开门。刘寡妇一只手扶着门楣，晃晃悠悠，脚下像是踩着弹簧。周玉贵说你发烧了吧？转身就一瘸一拐地去矿上的卫生所喊医生。

后来有人跟周玉贵说，找人撮合一下，干脆和刘寡妇住一起得了。周玉贵的脸红了，像是被人搧了耳光，说别瞎说，人家根本就看不上我。

说话间就要过年了，落了一场雪，山坡上搭起的小房子就像一个个小蘑菇。顾客少了，刘寡妇开始盘点她的小卖部，没有挣到多少钱，过了年不想再开门。周玉贵一掀门帘进来了，跺着脚上的雪，甩下背上的大包，解开了，是一大堆香烟。周玉贵说，这是我几个月积攒的烟，都退给你，免得你去城里购货了。

刘寡妇愣了一下，给周玉贵拿钱，周玉贵说啥也不要，说我要是要你的钱，你还不如打我的脸。

刘寡妇说，我知道你不抽烟，我知道你在帮我，可是我不知道该咋感谢你。

周玉贵说，要过年了，我明天回老家，来向你告别。过了年，家里给我娶媳妇，也是个瘸子，我就不来矿上了。

刘寡妇把头低了，心里发闷，有一种想哭的感觉。

孩子睡得正香，周玉贵俯下身子，吧嗒亲几口。

周玉贵临走，把一幅大红对联贴在了门楣上。

刘寡妇站在雪地里，望着红红的对联发呆，不知不觉泪水就下来了。

杀 鸡

　　小雪花不紧不慢地飘了一下午，天傍黑时，工地上像是冒出一个个白色的大蘑菇。二妮手里提着一只鸡回来，鸡还不时地挣扎一下，喔喔叫。

　　二妮进门，掸着身上的雪说，大保，大保，我买了一只鸡，给你炖鸡汤。

　　大保抬一下扎着绷带的腿，笑笑说，以后不许喊大保，要叫皇上。二妮笑着道个万福说，妾妃遵命。

　　大保和二妮是秋后来城里打工的。种完小麦，冬天没事干，大保打工，二妮也要跟着。大保拖着唱腔说，梓潼你听朕一句话，还是在家猫冬看孩子吧，爬高下低不是你们女流干的活儿。二妮说，大顺媳妇不是也跟着大顺打工了吗？她能干，我就能干。咱们不挣钱，指望着几亩坷垃地，啥时候才能盖得起新房？大保说，咱们都去打工，太子咋办？二妮牙一咬说，托付给娘照看吧。

　　就这样，两口子把孩子托付给七十多岁的皇太后，一起来城里打工了。

　　大保跟着大顺在建筑队砌墙，二妮跟着大顺媳妇绑钢筋。活儿不累，就是一天十二个小时，时间有点长。才一个月，二妮的手就被冻肿了，裂了许多道小口子，缠着胶布。农村人苦点累点都不怕，比伏天钻玉米地拔草强多了。揪心的是大保从墙上掉下来，摔伤了腿，去医院绑了石膏，在工地上养着。要过年了，工地上放假，二妮想让大保回家，又担心工头赖账，不负责医疗费。没办法，只好让大顺两口子给孩子和娘捎些钱，就不回家了，在没有完工的楼上住下来。天冷，二妮找些木板把门窗围上，或者用水泥袋子遮挡一下。二妮还找了一个蜂窝煤炉子，自己做饭吃。

大保躺在从自己家里带来的被褥上，嗅着发霉的味道说，咱们这个宫殿还凑合，我看就叫桃花宫吧。大保哼起了豫北大平调：赵匡胤我酒醉桃花宫，难理朝中大事情……

唱完了还是睡不着。二妮说，咱们建的这座楼是高干家属楼。大保说，说不定咱睡的这地方还是市长的卧室呢。奶奶的，倒是先做了朕的行宫。

快过年了，大保的脚依然不见好，嚷着要找御医。工头派了一辆面包车拉着大保去了骨科医院，医生说是营养跟不上。二妮向工头预支了一百块钱，买回一只鸡。

大保挺心疼，说一只鸡的钱能给太子买一件过年的衣服，能给皇太后买一双取暖的棉鞋。二妮安慰大保说，只要你早一天好了，能挣钱了，衣服会有的，棉鞋也会有的。大保点点头说，那就把这只鸡推出午门，开刀问斩。

二妮没有杀过鸡，平日里，看见鲜血就两腿发抖。正好炉子上的一壶水开了，二妮把鸡按到盆里用开水浇。鸡拼命挣扎，竟然挣脱了，扑腾腾在屋里到处飞奔。二妮惊呆了，不知道该咋办。

大保笑得眼泪出来了。

过一会儿，鸡钻到墙角不动了，二妮轰赶，鸡又飞到大保身边。大保伸手把鸡抓住了说，待朕亲自擒你。

二妮弯腰从墙角捡起一枚白亮亮的鸡蛋，拿在手里，暖暖的。二妮心里一颤。

一阵忙活，总算是把鸡炖上了。二妮依偎在大保身边说，等咱们拿到工钱，我到市里的技校学摄影，咱们回家开个婚纱影楼。天天和新婚的年轻人在一起，多美啊。

大保说，你咋想起学照相了？二妮说，我刚才路过一家影楼，见到好多拍婚纱照的年轻人。

二妮杵了大保一下说，你猜猜今天是啥日子？

啥日子？大保说想不起来。

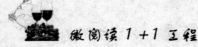

　　二妮说，是咱们结婚五周年啊！

　　是啊是啊，朕咋就忘了呢？正好有鸡，庆贺一下，明年这时候咱也补拍一张婚纱照。

　　二妮说不能只顾咱们自己高兴，给娘和孩子打个电话吧。

　　对！打个电话。大保吸吸鼻子，他嗅到锅里的肉香了。

# 情人嫂子

　　我和我的哥们儿开源从乡下老家一起来元城混。混，也就是一起捡破烂。找一个建筑工地的水泥管子，另一头用编织袋堵上，就成了我们临时的家。

　　那一天，开源捡到一堆烂铜线，挣了五十多元。我说，哥们，发财了，请客呗。他狡黠地笑笑，买了半斤牛肉，说还得省着点花，留一部分，积攒着娶老婆呢。我掂了一瓶散酒，钻进我们的家里，借着外面路灯射进来的灯光，一边划拳，一边喝酒。

　　喝到最后，开源把酒瓶摔得粉碎，然后爬出我们的家。借着路灯的光线，我看到开源的脸红红的。开源扭着屁股，像狼叫一样唱歌，我敲着破水桶为他伴奏。唱累了，开源吐着酒气说，不信咱哥们儿混不出个人模狗样来。我望着不远处富人区的一片灯火说，混几年，咱们也住进那小高层。

　　对！开源吐口唾沫说，我要和你结为兄弟！我说咱们已经是兄弟了。开源说不一样。他弯腰堆了一堆土，又找几根荒草插在土堆上，说咱们八拜结交，插草为香，不求同日生，但愿同日死。

　　开源扑通跪下。我愣一下，腿腕被他踢一脚，也跪下了。开源还要歃血为盟。他在地上摸了半天，找到一根铁丝向手上捅。我试一下说算了吧，挺疼。他说不行。硬是捅出了血。结果手上发炎了，好几天不能捡破烂。

　　我们早出晚归，渐渐有了积蓄。开源告诉我，他积攒的钱够买城里娘儿们的一只胳膊两条腿了。开源站起来，一副指点江山的气势，仰天

长叹说，大丈夫志在千里，想早日成为富人，住进小高层，不能像流浪狗一样到处去捡破烂了，要坐地收购，让别人为我们打工。

三年后，我们有了自己的收购公司，喝上了几十块钱的酒，吸上了十几块钱的烟，终于住进了小高层，过上了富人的日子。晚上，我们学着富人的样子，到金梧桐歌厅玩。

我在歌厅认识了鲜儿。鲜儿也是从农村来的，在歌厅当服务员。那天，我故意把一百块钱丢在地上。鲜儿喊我，老板，你丢钱了。我学着富人的样子说，小意思，送给你了。

我揽着鲜儿的肩膀，把她领进我的新房。鲜儿是个阳光女孩，不仅让我的新房充满了阳光，还充满了月光。晚上，我和鲜儿牵着手去喝茶，顺便把开源也叫上了。

我说这是我的朋友，叫鲜儿。开源的眼睛像个二百八十伏小灯泡，贼亮。握手的时候，开源顺势掐了一下鲜儿白嫩的手指说，哇噻，这么水灵。

鲜儿不高兴，咬着我的耳朵说，你这个朋友咋恁下流？恶心死我了。我劝她，别在意，我的好哥们。那天开源喝醉了，杵了我一拳说，要不是老子脸上一块疤，也找一个妞儿，比他妈的鲜儿还要鲜儿。

我去石家庄出差，住了七八天。每天给鲜儿打电话，鲜儿不接，弄得我心里空落落的。开源也给我打电话，说他要结婚了，新娘子就是鲜儿。我一下子愣住了。

老婆是衣服，弟兄是手足，不能因为鲜儿再失去我的好朋友。我大哭一场，还是要赶回去参加开源和鲜儿的婚礼。

那一天，客人散去，开源和一袭红妆的鲜儿来到我面前。开源端着一个大号的酒杯说，老弟，你的鲜儿由我来照顾，我一定对鲜儿好。说完，一仰脖子，把酒杯里的酒喝了。

鲜儿低着头，不敢看我。

那一天，开源喝醉了。

实在忍受不了这么一个美艳的人儿在眼前晃来晃去，我像狗一样逃离元城，去石家庄捡破烂。

三年后的一天，鲜儿突然站在我面前。鲜儿抽泣着说开源的公司破产了，开源也自杀了。最后，鲜儿揉着哭得烂桃一样红肿的眼睛说，其实，我一直深深地爱着你。

我感觉一阵肉麻，嗓子眼像是塞满了鸡毛。我缓缓站起来，冲着石家庄的天空大喊一声：别说了，我的嫂子！

我的朋友开源

我在元城打工的时候，晚上出来溜达，遇到了我的初中同学开源。

开源头发乱得像是一捧鸟窝，皱皱巴巴的夹克衫上落满了油漆。开源说好不容易碰一起，非要找个酒馆喝二两。

几杯酒下肚，开源说他在一个建筑工地上混，又问我在哪里高就。我说我可不像你那么能干，我在《元城文化》杂志帮人家写写稿子，挣个稿费，勉强混口饭吃。开源听了，擂我一拳，一副惊喜的神色说，赵哥混得不错啊，都成领导了。

那一天，开源喝得醉醺醺的，抢着买单，还和我交换了电话号码，说以后常聚聚。

过几天，开源打电话，说是在聚贤酒家请客，让我过去作陪。我说我这人不善于应酬，算了吧。开源好像生气了说，不给面子啊？不就是多放一双筷子吗？

我也是喜欢蹭吃蹭喝不想花钱的人，既然开源把话说到了这份上，那就恭敬不如从命了。开源请的是和他一起上班的几个哥们。大家一落座，他就介绍我说，这是我的盟兄赵明宇，在一家杂志社当记者，黑白两道都有朋友。大伙儿艳羡的目光看着我，轮番向我敬酒，一个个举着酒杯说请领导多关照。我喝得眼睛红红的，说我也是打工的，只不过多认识几个人。

开源当了小组长，又当了建筑队队长、包工头，承揽了一项工程。开源不停的请客，每次都是让我作陪，每次都是把我捧上天，把我吹捧成无所不能的万金油。请的客人先是建筑公司的头头，后来就形形色色的人都有，公安、工商、城管、环卫等各个行业的负责人都有。有次请一个建筑公司王经理吃饭，说我是无冕之王，在元城没有我办不成的事儿，本事通天，常常和市委书记喝酒呢。

幸亏我听说过一些市领导的幕后故事，随话答话，拿出来胡侃一番，王经理听得点头哈腰，眼睛眯成了一条缝。我说开源是我铁哥们，他的事儿就是我的事儿，有困难我兜着。

王经理喝高了，临走，跟我要名片，说是以后常联系。我的舌头也大了，说没问题，没有过不去的坎儿。

第二天醒来，想起昨天说的醉话，连忙给开源打电话，我说你这不是害我吗？经理真的有事儿找我可咋办？我们杂志社是清水衙门，一没钱，二没权。开源笑了，赵哥你放心，他不会找你的，真的找你，你就说在韩国考察呢，等回国再说。

有一天警察找我，问我认识开源吗？我说认识啊，是不是又要我陪你们吃饭？警察说，请你配合我们调查，开源欠100多个民工的工资，不知去哪里了。我说这怎么可能呢，前天他还和我在一起呢。我连忙拿出电话拨开源的号码，不在服务区。

警察说，开源留下话，说你是他的铁哥们。民工找王经理闹事儿，王经理说你和开源是一伙的，有困难让找你。你想个办法吧。

这时候手机响了，是王经理打来的。王经理说，开源的事儿你不是大包大揽兜着走吗？

都是陪吃惹的祸，我恨起了我这张馋嘴。

我为这事儿摊上了官司，耽搁了一个多月才处理清，也失去了工作。后来我费尽周折，到《元城电视报》拉广告，和主编老龚混成了朋友。

生活总算是平静下来了。

忽然有一天，开源微笑着站在我面前。我睁大了眼睛说，你可是害苦了我。

开源穿着笔挺的西服，手上戴了一串金戒指。他歪着脑袋说，话别说得那么难听，兄弟如今在省城混大了，走，找个地方，我请你喝茶。

我再也不愿搭理他了，像赶苍蝇一样挥挥手说算了吧，我还有事儿。

打发走开源，主编老龚跟我打电话说，中午有个饭局去不了，你去吧，替我应付一下。

替人吃饭是好事儿，我焉有不去之理？

是个胖女人请客。胖女人和我握手说，您是龚主编吧？失敬失敬，请上座。我老公中午有个会议，过一会儿才能来，我先替他给龚主编敬个酒。

我冒充主编老龚，在主座上坐了。胖女人指着身边的一个脸上有块疤的男人，讪笑着跟我说，这位是我老公的哥们，在元城黑白两道都有朋友，没他办不成的事儿。

我看了疤脸一眼，不像是什么好鸟。我拖着长腔，慢条斯理地问他，老弟怎么称呼？胖女人抢白说，他叫赵明宇，记者。

我愣了，直勾勾的眼神盯着胖女人说，你老公是不是叫开源？

胖女人惊喜地说，是啊，你认识我老公？

我气呼呼地说，扒了他的皮我也认得他。

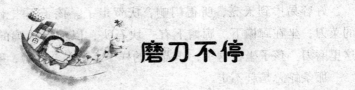

磨刀不停

好多天不下雨，田里的玉米打蔫了。娘跟孩子说，你上学路过庆贺家，顺便把庆贺找来，帮咱们浇地。

孩子点点头，挎上书包一溜小跑。孩子八岁了，走在火一样的阳光里，想起爹来了。爹去大连打工时，把一床被子塞进蛇皮袋里，又塞进一个搪瓷缸，在孩子毛茸茸的头顶上摸一下，背着蛇皮袋子出了门。娘在后面喊，他爹，干不了就回来。爹没回头，甩下一句话，别人能干，咱就能干。

庆贺走路一瘸一拐的，打工没人要，只好在家创业。谁家男人外出打工，撇下妇女孩子，该浇地了，就找庆贺。浇一天20块钱，管吃饭。孩子站在庆贺门口大声喊，庆贺叔，俺娘让你给俺浇地。庆贺从屋里走出来说，好吧，我这就过去。然后一瘸一拐地拿了铁锨去田里。

晚上，孩子放学回家，娘已经把饭做好了。庆贺浇地回来，娘笑眯眯地端出来白面馍、咸鸡蛋、小米粥。庆贺抖落脚上的泥巴，伸手捏起一个馍就往嘴里填。庆贺吃完饭，嘴也不闲着。庆贺挺能讲故事，娘听了，笑得前仰后合。

孩子听着听着，眼睛发黏，庆贺却没有要走的意思。娘的脸蛋红红的，拍拍孩子的肩膀说，娃，明天上学呢，早点睡。

孩子是让一种声音弄醒的。孩子醒了就听到娘和庆贺还在说话，声音小得像蚊子唱歌，只是灯已经灭了。爹和娘也总是在黑暗中说话，一宿一宿的，说起没完没了，可是娘咋能跟庆贺在黑暗中说话呢？孩子就一点儿也不困了，使劲儿听，就听庆贺说，我给你浇地吧。孩子不知道庆贺为啥黑灯瞎火的又要浇地。庆贺还问娘浇得透不透，不透就再浇一遍。

孩子觉着娘不能和除了爹以外的男人在黑暗中说话。庆贺和娘的声音像蛇一样缠绕着孩子。

好容易挨到天亮，听得门响，庆贺走了。孩子不去上学，拿起家里的菜刀，坐在廊檐下。廊檐下有一块石头，以前爹杀鸡的时候，就坐在这里磨刀。孩子坐在这里，学着爹的样子，哧啦，哧啦，磨起刀来了。

那条蛇总是赶不走。

娘揉着红红的眼睛走过来说，孩子，你这是弄啥？孩子不抬头，大声说，磨刀。

娘惊讶了，磨刀干啥？

孩子说，杀蛇。

娘的脸色变了，向周围看看说，蛇在哪里？小祖宗，你可别吓我。

孩子不吭声，只顾低头磨刀。哧啦，哧啦。

娘急了，打了孩子一巴掌。平日里，娘打孩子一巴掌，孩子就哭了。可是这一回孩子没哭，孩子还在低头磨刀。

娘倒是哭起来了。

一天，两天，三天。娘做好了饭，喊孩子吃，孩子也不说话，吃了饭只顾磨刀。娘害怕了，以为招惹了邪气，请来村里的神婆。神婆又唱又跳，烧香、焚黄标也没有把蛇仙驱走，就长叹一口气，扭着屁股走了。娘又找来孩子的老师，老师跟孩子说了半天，孩子像是没听见，依然不停地磨刀。孩子握刀的小手又红又肿，起了泡。老师也叹口气，摇摇头也走了。

娘没了办法，只好给孩子的爹打电话。娘说话的声音都发颤了。爹坐火车、乘汽车，风风火火往家赶。爹一进家门就喊，孩子，孩子，我的孩子。

孩子听到爹的声音，磨刀的手停住了。孩子抬头看到爹，大喊一声爹，扑到爹的怀里，哇一声起来。孩子哭得满面泪水，像是受了多大的委屈。爹和娘一愣一愣的，你看我，我看你，慌了神。

徐寡妇和徐寡妇的羊

　　赶着羊在河沿上转了几圈儿，徐寡妇觉着身上暖和了，只是风刮在脸上还有些疼。徐寡妇就把羊赶到河沟里，找个避风的地方。

　　河是旱河，这几年没有水，河床上长满了矮矮的草，早已经干枯了，在风中摇摇摆摆，顶着薄薄的一层霜。

　　一共三只羊，老母羊和它的一双儿女。有时候望着两只小羊羔，徐寡妇就说老母羊的命好，有儿有女。

　　老母羊和它的女儿下了河沟，小公羊顽皮，还在河沿上撒欢。小公羊看不到老母羊了，咩咩叫。老母羊在河沟里回应，好像说在这儿呢，快过来啊，我的孩子。

　　挖土人挖出来的一道沟壑挡住去路，小公羊跳不过来。徐寡妇跑过去抱住了小公羊。徐寡妇感到小公羊身上热乎乎的，就像当年抱着自己的娃子。徐寡妇把小公羊抱到河沟里，坐下来，看着老母羊娘儿三个啃食草根，还夹杂着年前落下的树叶。徐寡妇喃喃地说，再过俩月，下场春雨，青草拱出地皮儿，这娘儿仨就有好吃的了。

　　俩小羊是过年的时候出生的。老母羊叫了一夜，天冷，徐寡妇守了老母羊一夜，还燃起一堆火，把俩小羊羔湿湿的羊毛烤干了。小羊羔摇摇晃晃地站起来，咩咩叫几声，拱到老母羊怀里去吃奶。天亮了，徐寡妇烧了半锅热米汤犒劳老母羊。

　　徐寡妇很高兴，把小母羊留下来，养到秋天就能和老母羊一样下崽了，到时候她的羊越来越多，很快就能变成一群。小公羊呢，喂上两个月卖掉，再喂就得去势了。卖了小公羊，徐寡妇想给儿子添一件衣服。

　　一想起儿子，徐寡妇心里一阵酸楚。前几天儿子因为上访被派出所抓走了。徐寡妇去派出所看儿子，哭了半天也不让见，一个高个子民警说罚一千块钱才能把你儿子放出去。徐寡妇没钱，也不认识熟人，回到村里找村长。村长的能耐大着呢，村里人谁家有事，都是找村长摆平。村长阴着脸说，我去试试吧，你儿子尽给我捅娄子。村长到了派出所好说歹说，高个子民警看村长的面子，答应罚五百元了事。徐寡妇说，村长啊，俺家里可是啥也没有，儿子还打着光棍呢。村长说这世道，离了钱不走路，你没钱就让人家关着吧。

徐寡妇一听，头大了。村长是贵人，村长不管了，天就塌了。徐寡妇找粮贩子把家里的几袋子玉米卖了，才三百块钱。村长说，你家门前不是还有一棵老槐树吗？

又卖了老槐树，儿子签了保证书，总算是被放出来了。村长说请派出所王所长吃饭花了八十块钱呢，总不能我自己贴吧？徐寡妇说那是那是，已经很感激村长了，咋能让村长为自己贴钱呢。村长还说那八十块钱是为老婆买药的钱，星期三要进城买药，你得尽快还我。

到哪里凑钱呢？徐寡妇只好打小公羊的主意了。

该吃早饭了，徐寡妇赶着羊往家走。把羊赶进羊圈里，邻居隔着墙头送给她一把绿莹莹的菠菜。邻居说，才下来的春菠菜，尝尝鲜。徐寡妇刚把菠菜放进屋里，就听羊贩子在街上吆喝。

徐寡妇把羊贩子递过来的钱攥在手里，指指小公羊，让羊贩子去抓，自己却躲进屋里面不出来。小公羊咩咩叫，老母羊也叫。母子生死离别啊，徐寡妇捂住了自己的耳朵。

羊贩子把小公羊绑在自行车上要走了，徐寡妇从屋里跑出来喊，等一等，等一等。羊贩子愣了，说你要是反悔了就把羊还给你，还没有走远呢。

徐寡妇跑得气喘吁吁，拿着一把青青翠翠的菠菜来喂小公羊。羊贩子知道徐寡妇心疼羊，自己喂养的，咋能没感情呢。羊贩子安慰徐寡妇说，转生一只羊，就是餐桌上的一道菜。

徐寡妇眼里噙着泪说，这小羊生下来还不到俩月呢，还没有吃过青草呢。

 # 种风景的老人

　　高速公路通车了，元城城西有个收费站。收费站一侧，是生活区，一座漂亮的住宿楼，有窗明几亮的食堂，还有大大的篮球场。篮球场外围，是一片宽阔的土地，长满了荒草。

　　整个生活区用铁栅栏和外面的农田隔离开来，傍着通向高速的连接线。

　　收费站的站长王大川每天看到一个神秘兮兮的老汉，趴在铁栅栏边上，向生活区里面观望。王大川走过去给他敬礼说，大爷您好，您看什么呢？

　　这一带，盗窃事件常有发生，据说是白天踩点，晚上作案。收费站的电缆被割过，生活区隔三差五丢东西。王大川怀疑老汉就是踩点的，心里没好气。

　　老汉说，这里曾是我的地。

　　王大川说，现在是收费站的了。

　　老汉说，院里的土地闲置着，我看着心疼。

　　王大川说，那也没办法，土地是我们花钱买的。

　　老汉脸色不好看，既然用不着，你们买地干什么？

　　王大川一看，说，你想干什么？

　　老人说，这土地荒废了，太可惜，我想种菜。

　　王大川说，那不行。

　　老汉说，为什么不行？

　　王大川说，还用问吗？

老汉说，我给你们付租金行吗？

王大川说，那也不行。

老汉瞪了王大川一眼，气呼呼走了。

第二天，老汉又来了，扛着锄头，直接到院里开荒。

老汉是地头蛇，惹不起。拦一下，碰瓷咋办？王大川打报警电话，一会儿，几个民警把老汉带走了。

下午，老汉又来了，问王大川，你是农民不？

王大川说，不是。老汉又问，你爹是农民不？你吃的饭是不是农民种的粮食？

老人说着，哭了。

王大川没办法了，惹不起，只好先由着他，然后再想个软办法。

老汉开始清理荒草，刨地。老汉干得起劲儿，热了，头上一层细密的汗水，脱下外衣，依然不停地刨地，乌黑的泥土散发着馨香。正好下了一场雨，老人种了一小片豆角、茄子、黄瓜、番茄，绕着篮球场种了大片大片的向日葵。

过几天，长出了嫩嫩的绿芽儿。

又下了一场雨，风一吹，蔬菜们摇晃着身子，像绿色的波浪。密密匝匝的向日葵很快就三尺多高了，远远望去，恣肆汪洋。老汉在不停地除草，大家禁不住向这里望一眼，王大川也露出了笑容。休班的时候，王大川和他的职工们不再玩扑克打发时光，纷纷来帮助老汉除草。

很快，长出了茄子豆角，长出了黄瓜、番茄。金黄色的向日葵煞是喜人，吸引着大家的目光。出入车辆的司机，也忍不住望一眼，说这里真是好风景。

有一次，一对穿婚纱的青年下了高速，在向日葵丛中拍照，背景是气势恢弘的高速公路高架桥。后来，这幅照片刊登在报纸上，王大川和大家抢着看。

收费站的食堂里，蔬菜吃不完，王大川跟老汉说，大爷，这么多的菜，你带回家去吧。老汉说，家里就我一个人，房前屋后的菜还吃不完呢。

王大川说，你不仅给我们种蔬菜，还给我们种了好风景，我给你开一份工资吧。

老汉摇摇头，没儿没女，公路占地赔偿的钱已经够花了。

王大川说，我们都做你的儿女。

老汉哈哈笑，我种田种出儿女来了。

残疾人

村头的大喇叭广播说，让申报残疾人，先找村长报个名，民政部门确认以后，政府每个月发给生活补助。老申就想，真是赶上了好时代，取消了农业税，有了合作医疗、低保，如今又开始关注残疾人了。

说到残疾，老申也够格。那一年漳河发大水，他晚上带人在大堤上巡查，摔伤了腿，在元城医院住了两个月，留下后遗症，走路稍微有些颠。可是不影响干农活儿，吃得饱，穿得暖，不缺零花钱，小日子过得挺美的。儿子在元城开了一家服装店，生意很红火。儿子还给他安了空调。老申不想申报，老申说用政府的钱去帮助别人吧。

老申到街上走走，发现好多新鲜事儿。村长家里像过年，不断有人进进出出，有的拖着一条腿，有的挎着胳膊，还有的捂着眼睛，手里多了一根盲杖。

老申遇到老任。老任走路晃晃悠悠，嘴里哎哟哎哟直叫唤，像是吞了一块发烫的山药。

老申说，昨天傍晚还见你走路像一阵风，咋一夜之间就瘸了？

老任脸一红说，我这老寒腿，前几年就残疾了，你没发现？说着，一瘸一拐走远了。

老申望着老任的背影冷笑，心说，喊来一条大狼狗追着你，你比兔子跑得都快。

一抬头，又看到张三桥。张三桥翻着白眼，手里提着一根盲杖，在前面敲敲打打，从村长家里走出来。老申说，张三桥，前天还见你在田里捡豆子，咋就瞎了呢？

张三桥脸一沉，翻着白眼说，我就是瞎了，碍你什么事儿！

老申故意逗他，大声说，这是谁的钱丢了？

张三桥睁开眼睛，弯着腰在地上找。老申哈哈大笑，张三桥才知道上了老申的当，哼一声，提着棍子走了。

一夜之间冒出来这么多残疾人，老申感到好笑。

儿子从元城回来了，一进门就跟老申说，爹，你的腿不是残疾吗，咋不去申报？

老申说，你养不起爹了？

儿子说，咋会呢，我的意思是残疾人享受生活补助，每个月一百块钱呢，不要白不要。

老申说，我说我残疾，政府就相信？

儿子说，你到街上走一遭，故意做做样子，我跟县医院的马医生很熟，找他开个证明，准行。

一团火苗子在老申心里窜来窜去。老申镇静一下，跟儿子说，你去申报吧，我看你残疾了。

儿子愣愣神说，我身体好好的，咋就残疾了呢？

老申说，我看你的残疾很严重。

老申说完向外走。儿子痴呆呆的，愣在那里。

二纪委

王大明，元城徐街人，退休干部，人称"二纪委"。

这绰号是有来头的。

学校不接收吴老二的孩子，王大明来找刘校长问原因。刘校长塌蒙着眼皮说，吴老二的孩子调皮，难管教，成绩又差，不能让一块肉坏了满锅汤。王大明说，学校就是教育人的地方，孩子不是苹果，也不是梨，你咋能挑挑拣拣呢？

刘校长语塞，没好气地说，又不是你的孩子，你少管闲事。王大明说，咋成了闲事儿？孩子将来也许是科学家，也许还是教育局长呢。你不教育他，说不定他就会变成杀人犯。刘校长的脸拉长了说，反正这孩子我不收。

王大明碰了一鼻子灰，直接带孩子去县城，坐到教育局门口，说刘校长剥夺了孩子受教育的权利。结果刘校长挨了批评，差点被免职，只好收了孩子，还给王大明道歉。

村里划分宅基地的节骨眼上，村长王半斤要给老娘办周年。王大明心里纳闷，王半斤的娘才死两年零三个月，咋办起周年来了？这里面定有蹊跷。王大明坐在王半斤家门口，谁来送礼，都记在本上。

王半斤说，叔，你这是干啥？王大明说，我看看都有谁给你送礼。

闹得王半斤老娘的周年没办成。为这事儿，王半斤恨王大明，恨得牙根疼。

徐街通向乡政府的路两侧是高高大大的白杨。王半斤把树卖了，说要修路。后来路没修成，卖树的钱也不了了之，有群众到县里上访。王大明去找王半斤问这事，卖树的钱哪里去了？你得张榜公布，向群众解释清楚。王半斤生气地说，你是我叔，咋和他们一个鼻孔出气？王大明说，我这是在救你，你应该感谢我才是。王半斤不高兴了，说卖树的钱为了修路跑项目，请客送礼了。王大明说，账呢？王半斤说，没账，送礼的钱咋下账？

王大明说，你说不清，有说得清的地方。过几天，县里派人来查账。结果王半斤被撤职，退出了一部分钱。王半斤气得眼睛喷火，王大明，你不是我叔！你是王连举。

村里选举，王大明推荐王半斤做候选人。王大明说，虽然王半斤犯过迷糊，但他还是有魄力，也有威信，只要好好干，还是好领班。王大明话刚落音，大家齐声鼓掌，都投了王半斤的票。小黑板上记录票数，一张选票画一笔，五张选票画一个正字。选举完毕，王半斤名字下面一串长长的正字。

王半斤当选，感激地望着群众，望着王大明。

王大明走上主席台，指着小黑板问王半斤说，王半斤，你看这一串票数像什么？

像什么？王半斤心说你王大明在玩什么鬼把戏？王大明说，这一串正字就像一个小梯子，你是沿着这个小梯子爬上去的。再看这个小梯子，是由一个个正字组成的。这一个个正字是一颗颗群众的心，是在警告你要走正路。

说完，王大明转身走下主席台。

王半斤望着王大明的背影，泪汪汪的，扯着嗓子大喊一声二叔。

# 马二嫂

在元城，一听说有人打架，家家户户都闩上门躲起来，害怕牵扯到自己。比如说谁打伤了谁，打官司要你作证，大家都在一条街上住着，低头不见抬头见，向潘还是向杨？

也有不怕的，就是东街马二嫂。

马二嫂正吃饭，听到街上吵闹，端着饭碗往街上跑，吃饭看热闹两不误。看完打架回来还绘声绘色地向邻居们讲述，谁因为孩子把谁打得头破血流，哪弟兄两个因为财产分不均，谁把谁的门牙打掉两颗。马二嫂一口气说得口吐莲花，比听评书还精彩。有一次马二嫂正在蒸馒头，急着出去看打架，回来把一笼馒头蒸生了，喂狗，狗都不吃。气得马二哥骂她，你爱看打架学老婆舌的德行，早晚有一天要出事。

谁家死了人，马二嫂还爱看出大殡。王掌柜死了，马二嫂跟着看，说王掌柜一群儿子有的哭得鼻涕一把泪一把，有的干打雷不下雨。马二嫂还模仿王掌柜儿子的哭相，让人唏嘘不已。有一个年轻媳妇寻了短见，马二嫂前前后后跟着看，一边看一边流泪，说丢下一个吃奶的孩子可怜啊。临走还掏出一百块钱给了孩子。

马二嫂还有一个嗜好就是看车祸。嘴里说吓死了不敢再去了，两只脚大老远的跑去围观。经常看得忘了做饭，马二哥回家灶清火冷，自己动手。饭做好了，马二嫂也回来了，嘴里一连串的惨不忍睹啊惨不忍睹，把那残酷的场面描述一番。马二哥哪里有心思听，说你这娘们咋就喜欢看人家不幸。

看了车祸，马二嫂一连几天做噩梦。见到开车的就招呼，开慢点，注意安全。

有一次家里丢了一只鸡，马二嫂心疼得不行，上到房顶上咒黄鼠狼骂蟊贼。骂一阵子坐到地上一边哭，一边像夸赞功臣一样，诉说这只鸡的勤快。街坊邻居来劝她，她依然哭得比丢了一只骆驼还要伤心。没办法，只好把马二哥找回来。

　　马二哥跟马二嫂说，咱家才丢了一只鸡，人家二婶家丢了三只鸡呢，二婶你说是不是？二婶见马二哥冲她递眼色，就顺着马二哥的话说是哩，是哩，俺家丢了三只鸡。

　　是吗？马二嫂不哭了，也不骂了。

　　马二哥又说，福彩家丢了八只鸡呢，人家也不生气。福彩你说是不是？

　　福彩见马二哥向他递眼色，就说是哩是哩，俺家丢了八只鸡。

　　马二嫂站起来就往屋里走。一边走一边拧鼻涕，老娘累了，喝口水去。

二十个

想当年，母亲半小时生下俩儿子，喜得父亲一口气跑到打麦场上翻了二十个跟头。尽管那时候生活很艰苦，家里少吃没穿的，父亲还是喜滋滋的把鸡窝里正在下蛋的老母鸡抱出来送给了接生婆。

徐三和徐四这哥俩长得一模一样，像两只活蹦乱跳的小山羊，一起上学，一起到合作社帮着父亲劳动，有时候还要帮着母亲抬水。有一次逛庙会，父亲一只手牵着徐三，一只手牵着徐四，来到一个卦摊前，吴瞎子，你算算俺这俩儿子有没有当官的命。

吴瞎子翻着没有瞳仁的白眼算了半天，笑嘻嘻地说，你这俩儿子命好，都是当官的命，虽说官不大，都能管二十个人呢。父亲听了说，是个官就行。父亲一高兴，给吴瞎子买了二十个肉包子。

徐三和徐四一起上学，一起毕业，又一齐落榜，回到生产队参加劳动。二十岁那年，哥俩有一个共同的志愿，当兵。可是这一年父亲瘫痪了，哥俩只能走一个，另一个留在家里照顾家。徐三跟徐四说，我是哥，留在家照顾父亲，你参军吧。徐四说，哥，还是你参军吧，我留在家。哥俩相互推让，只好捏蛋儿，一个纸条上写着参军，一个纸条上写着在家，捏成蛋蛋撒在院里的大青石上。结果，徐四手里的蛋蛋摊开了，写的是参军。

这都是命运的安排，咱家靠你争光呢。徐三送弟弟，有说不完的千言万语。

徐四来到部队上，在一次抢救山火中立功了，做了班长，管理手下二十个士兵。想起小时候吴瞎子的偈语，徐四笑笑。

1980 年，徐四转业到元城县一个事业单位做了小科长，手下有二十个科员。说起来也怪，一连二十多年，徐四再也没挪地方，也没有升迁。做了二十多年的科长。曾经有过被提升为副局长的机会，被一封检举信搅黄了。尤其是几个副科长之间很不团结，相互拉山头。眼瞅着徐四快要退下来了，几个副科长根本就不听他指挥，工作搞得一塌糊涂，他都有些驾驭不了局面了，被年轻的局长批评了二十多次。

心情不好，二十号这天，徐四赶了二十多公里的山路，回老家来看哥哥，把心里话儿跟哥哥说说。

徐三这几年孩子大了，自己无忧无虑，买了一群羊，每天哼着小曲在漳河滩上放羊。见当官的弟弟从城里回来了，徐三找个背风的地方，往地上一躺说，你咋回来了？

徐四就说单位的事儿让他头疼。徐三说，你想开点，再凑合几年就退休了，有份工资多好啊。

有几只羊要去吃远处的禾苗，徐三看见了，一吹口哨，有的羊回来了，还有两只不听话，徐三跑过去，扬起手里的鞭子啪啪抽打，一边打一边说，让你不听话！

打完那几只贪嘴的羊，徐三回来笑笑说，不听话就该打。

徐四说，哥，你养一群羊，收入还行吧。徐三说，我养着二十只羊，生了小羊羔，卖掉，换成钱。自己花不完，余下的钱给了孩子们。

徐四说，二十只？哥啊，你还记得当年吴瞎子给咱们算卦的事吗？

徐三皱皱眉说，什么算卦？想不起来了。说完，徐三哈哈大笑，兄弟，别看我是个羊倌，逍遥着呢。你难得回老家一次，走，中午杀一只羊，把孩子们都叫过来，喝酒。

徐三一吹口哨，羊群咩咩叫着奔过来。徐三打个响鞭，赶着二十只羊在前面走，不停地抽打着不听话的羊。

徐四在后面跟着。徐四有些羡慕哥哥。

鸡配猴，难白头

六婶躺在土炕上，肚子像扣着一个洗脸盆。这病，中医叫鼓病，吃麦不吃秋。邻居二珍他爹就是害这病走的。眼看着田里的玉米一天天长高，六婶心里清楚，自己的劫数要到了。

六叔叹口气说，让孩子抬你去医院。六婶呆滞的眼神闪了一下，又变得僵硬了。六婶说，我这病是看不好的，别糟蹋钱了，留着，你们还要过日子呢。

六叔的目光一下子暗淡了。

他爹，你说，难道就真的应了大瞎子的话？大瞎子的话像山一样，在我心里压了三十年。我不服气啊，我才五十岁。泪珠在六婶眼里闪一下，又闪一下。

别信那一套，大半辈子了咱都不信。六叔俯下身子给六婶披披被角，安慰她说，你的病很快就会好起来的。

在元城民间，男女订婚要找人看看属相是否相合。六婶和六叔是同学，自由恋爱，双方父母不同意。捱不住六婶死缠硬磨，六婶的爹只好拿着六婶和六叔的生辰八字来找大瞎子。大瞎子翻了几下没有瞳仁的白眼说，女大男一岁，相克，这叫女大一，不成妻。六婶的爹又问，如果他们硬是要成亲呢？大瞎子把头一扭说，男属鸡，女属猴，这叫鸡配猴，难白头。不能白头到老。

从大瞎子家里出来，六婶的爹跟六婶说，这下你该死心了吧？

没想到六婶的脾气犟。六婶说，我才不信那一套，只要我愿意，宁肯少活几十年。你把我许配给我不愿嫁的人，心里酸楚一辈子，活着还不如死了呢。

真是儿女大了不由爷。六婶的爹长叹一声，摇头而去。

结婚那天，六婶跟六叔说，咱们一定要白头到老，活给他们看。

话虽这样说，大瞎子的话像一块驱不散的阴霾，笼罩在六婶心头。

如今再把大瞎子的话说出来，六婶心里倒觉着轻松了。六婶说，他爹，死就死吧，我也想开了。我跟你一个被窝睡了三十年，恩恩爱爱，也该知足了。我走后最放心不下的是你，你别委屈自己，趁自己年轻，再找一个对你好的女人，日子长着呢。六叔一听，抱着六婶呜呜哭。

六婶的嘴唇翕动了一下说，有件事情瞒着你，好多年了，不说出来是块心病，我走了也不得安生。但是我说出来你不要生气啊。六叔噙着眼泪点点头。六婶喘口气，好像是积攒了一下力气说，那一年你去山里挖煤，半年没回来，我一个人带着孩子在家，夜长难熬啊，没守住妇道。

六叔心里一颤，像被蝎子蜇了一下。

六婶的声音有气无力了，你能原谅我吗？

六叔揉着眼睛说，我能我能。六婶听了，微微一笑，他爹，这辈子跟了你，不后悔，下辈子咱们还做夫妻。顿了顿，六婶忽然说，我想喝粥了。

六叔忙不迭地熬了两碗小米粥端来，黏黏的，还煮了一把红枣在里面。六婶一口气全喝了，过几天，脸色红润起来。

玉米成熟的时候，六婶能站起来了，肚子越来越小。好多人都说是个奇迹。六叔把田里的新玉米掰下来磨成粉，熬成粥，六婶喝一口，脸上绽开一朵花。六婶说，不该信大瞎子的鬼话。

这些天，六叔的心里阴沉沉的。六叔说，你把心里话都告诉我了，我也不瞒你，那一年去山里挖煤，我和一个小寡妇相好。

六婶又病倒了。没几天，已经喝不下一口水。

六叔像是屁股下扎了刺一样，他问六婶，那个男的到底是谁？六婶不说话。再问，六婶身上已经冰凉了。

邻居们都说六婶要强，硬是坚持到吃了新玉米面才走的。

# 帮　扶

　　要过年了，省里搞一项活动，每个处级干部帮扶一户贫困家庭。我主动要求帮扶元城县白楼村的王铁锤。

　　有趣的是我的名字也叫王铁锤。

　　腊月二十三，我和司机买回一袋子面粉、一桶油，到五百里外的白楼村去看望王铁锤。我没有打招呼，直接到乡里找到初中时的同学王乡长，王乡长又打电话通知白楼村的村长王大葱带我们去王铁锤家。

　　冬天的乡下遍地枯黄，寒风中的白楼村像个冻得发抖的孩子，一片苍凉景象。王大葱袖着手站在村口迎接我们，见了面不停地向我介绍王铁锤的情况。王大葱说，王铁锤弟兄五个，金锤、银锤、铁锤、铜锤、木锤。家里穷，老爹看着王铁锤最聪明，不想让他跟坷垃打一辈子交道，省吃俭用供他读书。谁知道他们家祖坟上没长那根蒿，尽管王铁锤学习挺好，可就是没有考上大学。大概是读书读傻了，王铁锤回家干活没力气，只好找了个缺心眼的女人做老婆，生了个女娃。王铁锤也真够倒霉的，去年进城打工弄伤了腿，日子过得恓惶。

　　说话间，王铁锤的家到了。

　　眼前一座低矮的土房子像蘑菇一样。鸡在院里觅食，猪躺在墙根晒太阳。王大葱扯着嗓子喊道，王铁锤，省里的王处长来看你了。

　　一个无精打采的男人眯着眼睛从屋里出来，头上像顶着一蓬草。王大葱用手一指说，这人就是王铁锤。

　　王铁锤让我们屋里坐，可是进了屋又找不到坐的地方。屋里一股柴草味儿，一堆玉米，一盘土炕，一摞没有来得及刷洗的饭碗，一只鸡不时的试探着进来叨食地上的米粒。我把米面和油放到地上，又拿出三千

块钱递给王铁锤。王铁锤的手像被烫了一下，把钱推到我怀里说，俺咋能要你的钱呢。

王大葱从背后拍了他一下说，你小子有福气，处长代表政府给你送温暖呢，还不快点谢谢处长？王铁锤憨憨笑着，厚厚的嘴唇翕动几下，说了一连串的谢谢。

一个蓬头垢面的女人拉着一个女娃进来了，王大葱介绍说，这就是王铁锤的女人和孩子。我把女娃拉到一边，问她，你叫啥名字？孩子看我一下，忙把目光躲开，嗫嚅着说，俺叫王红燕。我又问，你想到城里上学吗？孩子看看父母，低头不说话。我跟王铁锤说，咱们两家结成亲戚，你的孩子就是我的孩子。过了年，我把红燕接到省城读书，学费由我来出。

俺该咋感谢您呢？王铁锤转了一个圈说，恩人啊，恩人啊，俺闺女命好，有贵人相助。王铁锤按着红燕的脖子说，快给恩人磕头。

我眼睛一酸，忙把孩子抱在怀里。

临走，王铁锤让女人抱出一包东西说，也没啥好东西送你，自家树上结的枣，您尝尝。我不要，说城里啥也不缺。女人迟疑了一下，王铁锤一边骂女人，一边跑过去背上那包东西来撵我。

车过元城县城，我让司机绕个弯，顺便看望我的父母。听说我提了处长，父母挺高兴，说难得来一次，去你舅舅家看看吧。别忘了你舅舅的恩，如果不是你舅舅，你咋会有今天？

当年高考，我的分数低，亏得我舅舅是文教局副局长，让我顶替了考生王铁锤的分数，我的名字也改成了王铁锤。

我说年终了，单位事儿多，以后有的是机会。

我顾不上吃饭就急着回省城，父母朝我挥手说，别忘了你舅舅。

阎不息

坐在我对面这位须发皆白的老人叫阎不息，今年八十四岁，声音嘹亮得让人为他没有当上歌唱家而惋惜。我陪他吃过一次饭，印象最深的就是他用拐杖把地板杵得咚咚响，饭量大得惊人，啃大骨头比年轻人还要利索。已经记不清他是第几次来我的办公室了，但是我知道他每次来都是有非常重要的事情要我办。

这一次，他进门就说，李主任，老朽这厢有礼了。我给他让座，又倒了一杯茶端到他面前。他红光满面地掏出一个本本说，我加入中国作协了，这是会员证。

我愣一下，寒暄了几句不咸不淡的祝贺词。

阎不息问我，咱们元城县八十万人口，是不是只有我一个人是国家级作协会员？我讪笑着说，别看我是县委办公室主任，对这事儿还真的不清楚。但是我知道县作协主席老袁是省作协会员，大概你是唯一的国家级会员了。

阎不息捋着胡须说，如此说来，老朽我还真的是全县第一个国家级会员。能否请组织上出面，给我所在的街道办事处发个贺信？或者命令街道办事处为我开个庆功会？

面对这个老顽童，我想尽快把他打发走，没时间和他扯淡。我冲他笑笑说，你这事儿我自己做不了主，还得请示一下杨书记。

阎不息听了，从沙发上站起来，滔滔不绝地说，这是全县的荣誉，我为元城做了贡献呢。我是全县第一个国家级会员，第一个八十岁以上加入作协的作家，第一个出自传的耄耋老人。

顿了顿，阎不息又说，还有一件事儿，能否让我做政协委员？

我说，这事情我更做不了主。

那我找杨书记去。阎不息有些生气了，转身就走。我不敢拦他，80岁以上的老人就像瓷器一样，谁敢去碰？只得丢下正在起草的一份文件，紧走几步跟上他，陪他去见杨书记。

县委书记杨金山说，阎先生，你都一大把年纪了，闹啥闹？阎不息说，杨书记你咋说这话？我咋闹了？电视上那些政协委员还有八九十岁的呢，我咋就不能呢？跟他们比起来，我还算年轻的呢。

杨书记哈哈大笑说，阎先生，我先帮你沟通一下，回头答复你好吗？阎不息说，这事儿您可要放在心上。我加入中国作协，如果在古代也算是举人了吧？这样算来，在中国历史上八十岁以后成名的只有三个人，也就是古今三人：一个是姜子牙，八十岁出山做丞相；一个是宋朝的梁灏，八十二岁中状元，三字经上有"若梁灏、八十二、对大庭、魁多士"；再就是我阎不息，八十四岁成为中国作协会员。

杨书记笑得眼睛出水，说这事儿还真的严重了啊。

杨书记向我丢个眼色说，李主任，阎老先生的事儿你负责协调一下，我还有个会要参加。我知道杨书记是让我把阎不息打发走，就说既然杨书记安排了，阎先生你先回去听我的通知。

总算把阎不息劝走了。

杨书记回头问我，这个阎老先生到底是咋回事儿？我只得如实回答。阎不息是元城北街的商户，经营中药材，有三间临街门店。老先生略识文墨，早年创业坎坷，"文革"中受过打击，后来有了一些积蓄，已经是江河日下了。如今在家无事可做，写起了回忆录。后来拿着一沓子文稿找到县作协主席老袁把关，老袁撺掇他出一本书，还可以加入市作协。去年，老先生的回忆录自费出版了，也加入了市作协。谁知道老先生的作家梦越做越大，让儿子带他去省城，要加入省作协。有了一本书，正好符合条件，竟然又被批准了。老先生还是不罢休，又想加入中国作协，一鼓作气到北京去了好多次，领导见他年龄大了，特批他为国家级作协会员。

杨书记说，老先生实在是精神可嘉啊，以后你可以代表我从精神上鼓励他一下。

过了几天，阎不息又来找我，送来一份大红请柬说，我到街道办事处去了几次，街道办事处总算答应我了，他们出面，我出资，为我召开庆功会。恰巧我的书房落成，请你过去喝喜酒。

推不过，我只得去了。元城北街一栋两层小楼门前摆满了鲜花，锣鼓喧天，比商场开业还要热闹。小楼上竖起一块灯箱广告牌，写着"作家阎不息书房"五个大字。

上得楼来，高朋满座。我环顾四周，除了阎不息的回忆录，并没有其他的书籍。阎不息握着我的手说，老朽感谢县领导光临指导。我说，阎先生，怎么不见书房有书？阎不息说，我这是写书的房。

我恍然大悟，笑笑，上台致词，然后在热烈的掌声中跟大家一起合影。

阎不息弃了拐杖，双手打拱，像个红光满面的新郎官。他说，为了纪念这个特殊的日子，请大家尽情发言。以后这个书房将开辟成阎不息纪念馆，成为元城文化圣地，是很有纪念意义的。

我推开窗户，眼前一亮。原来书房后面是个小花园，开满了五颜六色的花儿，像个多姿多彩的童话世界。

吴大侃

你看见了没有，蹲在大街上晒太阳的那个老家伙就是吴大侃。

上世纪 80 年代初，吴大侃是元城西街见多识广的人物，谁有什么不知道的事情就去问吴大侃。古今中外，天文地理，没有他不知道的事情。如果在今天，吴大侃就不叫吴大侃了，我们就该直接称呼吴大侃为电脑或者百科全书。吴大侃不仅去过邯郸，还去过石家庄呢。那一年他娘害病，卖了骡子去邯郸看病没看好，又拆了房子换钱去石家庄。一听说做手术要挨刀子，还得花费几万元，吓得出了一头汗，病好了。吴大侃一回来，就端着饭碗蹲在街上，一边吃饭，一边说石家庄的大夫有本领，不开刀、不吃药就能治好病。有人问他，石家庄大吗？吴大侃把饭碗放在地上，咬一口馒头，比划着说，咱们元城大不大？跟石家庄比，就像一个屎壳郎和一头牛。

吴大侃说话喜欢学伟人演讲的样子，手臂自豪地挥舞着，忘了吃饭。一只勤快的狗跑过来，替他把饭吃了。他捡起一块砖头把狗赶走了，兴趣不减，唾沫星子喷了身边的孩子一脸。孩子抹抹脸，听得入迷。吴大侃说石家庄的楼房有多高？钻进云彩缝里去了。石家庄的道路有多宽？能赶着三头牛转着圈轧场。石家庄的广场大不大？如果种上小麦够咱们全村人吃半年。

如果三天没有人围着他问这问那，吴大侃就觉着少盐没醋，日子寡淡了许多。多么稀奇古怪的事情也难不住吴大侃，吴大侃会兴奋地告诉你前因后果，好像这稀奇古怪的事情除了他，没人知道。他往地上吐口痰，说如果有我不知道的事情，我就不叫吴大侃了，叫吴南瓜，叫吴冒泡。吴大侃还买了两瓶酒预备着，搞有奖提问，谁问的问题多，他就请谁喝酒。闹得他一出门就有人围过来问这问那。

那时候收音机还是稀罕物，吴大侃天天抱着破收音机听新闻，听天气预报。收音机嘶嘶啦啦，一会儿没声音了，他还不时的拍一下。有一回吴老四要去走亲戚，吴大侃说带上伞吧，要下雨。吴老四说他胡咧咧，晴湛湛的天，哪里会下雨！

吴大侃说，这雨说下就下，不相信？那你就等着挨淋吧。

吴老四说我就不信你这一套。回来的时候，吴老四像从河里爬出来一样，浑身滴水，打着一连串的喷嚏跟吴大侃说，你能掐会算，太神了，你别叫吴大侃了，叫吴诸葛吧。

吴大侃还是拍着手里的收音机说，不是我神，是这个玩意儿神。

吴老四说，这小东西简直就是龙王爷。过了几天，吴老四来找吴大侃说，你跟这小东西说说，让它明天给我下一场雨，我那三亩高粱该浇水了。

吴大侃说，下雨不下雨人家气象局知道，这小东西只是替气象局说话。就像咱村的喇叭，是替村长说话一个理儿。

那气象局是干啥的？气象局怎么知道下雨不下雨？吴老四犯迷糊。

吴大侃说，嘁，人家气象局就是预报刮风下雨的。气象局有二十多个人，门口养着一窝蚂蚁，专门有人盯着，发现蚂蚁堵窝，准下雨！就赶快广播明天有雨。气象局门口还摆着一个咸菜缸，也是专门有人不错眼神地瞅着，一返潮就阴天，灵着呢。

这些你都见了？和咱观察刮风下雨差不多啊。吴老四说。

见了见了，当然见了。吴大侃脖子一挺，眼睛睁得像兔子蛋，好像吴老四不相信他，让他受了委屈。

正好村里的小学教师吴小泉走到身边，咔咔地笑。吴大侃看了吴小泉一眼说你别笑，我写个字你就不认识。说着用手在地上画了一个"井"字，又在井字中间点了一个点，说，念啥？

吴小泉蹙眉摇头。

吴大侃说把你这秀才难住了吧？你记住了，这个字念"砰"。一块石头扔进井里，"砰"一声响，不念"砰"念啥？

麻六嫂

　　元城北街的黄老六去关东做生意，兵荒马乱的没有挣到钱，却领回一个俊俏的小媳妇。

　　小媳妇是满人，瘦高个，面似银盘，有几个浅白麻子，人们便称她麻六嫂。麻六嫂通文墨，说话满面带笑滴水不漏，办起事来也是极有板眼。麻六嫂叉开腿，一口气生了四个儿子，家里却收拾得有条有理，出门来穿衣打扮干净利落，不像其他带孩子的女人那般邋遢。

　　倒是显得黄老六有些窝囊了。

　　文革那一年批斗黄老六，黄老六吓得屙了一裤子。麻六嫂从堂屋里走出来，一边用手归拢着双鬓凌乱的头发，一边对造反派吼了一嗓子，我替俺孩子爹去挨斗。

　　1979 年，三儿子在越南战场牺牲的消息传来，黄老六的病加重，一紧张就蹬腿了。政府来慰问，领导握着麻六嫂的手说，大娘，你有什么困难尽管说。

　　麻六嫂站在黄老六的遗像前苦笑笑，摇着头说，打仗哪有不死人的？成千上万的都死了，都是爹娘生养的汉子，都是毛头小伙子啊。

　　葬了黄老六，送走县上的领导，麻六嫂没掉一滴泪。村里人都说这关外娘们的心咋恁硬？

　　深夜，一声尖锐的号啕，刀子一样，似乎要把黑夜划破。邻居们心里一紧，屏息听了，知道是麻六嫂，纷纷披上衣服，踩着月光过去劝她，却怎么也推不开门。有人扒着门缝看，哭声已经停止了，院子里有一点星火明灭，是麻六嫂坐在大青石上抽烟。

　　再后来，麻六嫂抽烟不背人了，一根从娘家带来的大烟枪形影不离。

在街上走，有时候把大烟枪横跨在肩上，有时候噙住玉石烟嘴吸几口，轻轻咳嗽，盈盈的笑，一幅慈祥的样子。

有一年大旱，禾苗打了蔫，可是田里只有一口井，人们争抢着浇地，几乎要打破脑袋了。开会研究浇地的事情，会场上乱成了一锅粥。麻六嫂三个儿子依仗着人多势众，占了上风。这时候，麻六嫂来了，挥着大烟枪冲三个儿子呵斥：都给我回去。

儿子们说，娘啊，咱那几亩玉米苗儿要旱死了。

麻六嫂说，乡里乡亲的，谁不指望着田里吃饭？咱不和人家争，咱最后一个浇。

那一年，麻六嫂田里一片枯黄，没收到粮食。过年时，麻六嫂开门，却发现门口放着一兜一兜的馒头、小米。麻六嫂忙不迭地让儿子挨家挨户送回去。麻六嫂手里提着大烟枪，站在自家的屋顶上喊话说，婶子大娘啊，你们的心意我领了，我老婆子还有一双手，这粮食我不能收啊，谢谢你们了。

乡亲们都说麻六嫂比男人还男人。

一般人家的婆媳关系紧张，婆婆人前说媳妇，媳妇背后骂婆婆。而麻六嫂和三个儿媳妇相处得和和睦睦，媳妇们拿她当亲娘，婆媳之间没有红过脸。麻六嫂走在大街上总是笑吟吟的，吐一口烟就开始向人们说起每个儿媳妇的好处。俺这三个儿媳妇啊，赛过亲闺女呢，你瞧，我这衬衣，大儿媳妇给买的，这手镯子，二儿媳妇买的，今儿一大早，四儿媳妇给冲了一碗鸡蛋茶端到屋里。

元城北街从南头到北头，谁家不羡慕麻六嫂？谁家有了婆媳吵骂、弟兄斗殴，都是来找她出面调和。三胜两口子打架，三胜媳妇丢下孩子回了娘家，说是一辈子也不回来了。三胜找了几拨人去说好话，媳妇也不听。孩子在家日夜号叫，三胜就来找麻六嫂。麻六嫂叹一口气，提上大烟枪出发了。

午后，三胜媳妇夹着小包袱跟在麻六嫂身后回来了。麻六嫂一边让三胜媳妇给孩子喂奶，一边用大烟枪在三胜脊背上磕打一下说，以后再给你媳妇气受，我跟你没完。说着话，冲三胜丢一个眼神就走了。

麻六嫂的孙子有出息，部队转业，在市里安了家，年轻貌美的孙媳妇要奶奶到城里住几天。麻六嫂拗不过，被孙媳妇推进了车里。

这一住就是半年。麻六嫂急着要回家，可是一进家门正好赶上大儿媳和二儿媳为了鸡毛蒜皮的事在院子里吵架，招来很多人围观。

麻六嫂觉着丢了面子，摔了大烟枪，以后就很少说话，一病不起了。

三个儿媳妇轮流守候在她身边。夜深人静时，麻六嫂睁开眼睛，像是一下子康复了，把三个儿媳妇全叫到身边，一一拉着儿媳妇的手说，人活一口气，受点委屈谁见了？可不能在人前丢了面子。一家人过日子，哪有勺子不碰锅的？人的心啊，长短不齐，像草一样，乱蓬蓬的，松散，离不了一根揽草的绳。

第二天早上，麻六嫂的身子变得冰凉了，儿媳妇们哭得比死了亲娘还要伤心。

小寡妇

在元城南街，说起烧鸡店的小寡妇，没有不竖大拇指的。

小寡妇是秦德伟的绰号。秦德伟长得个头不高，敦敦实实，是个面白无须的爷们。这样的绰号，有捉弄人的意思，可是秦德伟听了也不急，也不恼，总是笑眯眯的，那微笑像是刻在了脸上。

秦德伟自小没了爹娘，跟着哥嫂过日子，没上过一天学，后来跟着侄子学会了写自己的名字。家里日子过得恓惶，人也老实巴交，只好到南街烧鸡店的老秦家做了上门女婿。根据元城民间规矩，入赘要改姓，随妻子的姓氏。男子汉改名换姓属于奇耻大辱，秦德伟却不生气，花轿"娶"他那一天，他微笑着跟哥嫂告别，惹得好多人骂他没血性，比娘儿们还娘儿们。

来到老秦家，改名秦德伟。老秦家的烧鸡店很有名气，生意好，日子过得挺滋润，属于殷实人家。老秦的女儿秦玉红生得俊俏可人，是个美人坯子，高中毕业后，在北京一家企业打工。如果不是秦家没有儿子，老秦硬做主，秦德伟怎么也不可能娶到这么漂亮的媳妇。大家就说，秦德伟虽然改名换姓，到秦家也不算亏，有了钱财，有了娇妻，等于穷汉子被招了驸马。

新婚之夜，秦玉红跟秦德伟说，我还是喊你哥吧，咱俩做不了夫妻。

秦德伟一愣，滚烫的心霎时间凉了半截。秦玉红说，我根本就不同意这门婚事，是我父亲死活逼着我，怕秦家断了香火。你做我哥哥，让我爹再给你找个媳妇，守着这份家业过日子，也算你烧高香了。

洞房花烛夜被浇了一盆凉水，怎么自己如此的倒霉啊！秦德伟镇静一下说，既然你不愿意，早干吗去了？

秦玉红抽泣着，这不是我爹逼着我回来结婚吗？我看得上的，谁愿意入赘？

秦德伟说，那就算了，我现在就走。说完，站起来开门。秦玉红拉住秦德伟说，你走了一切不就都完了？你回到你家，这一辈子还能再找到媳妇？你就留下吧，我爹不会亏待你的。

灯亮了一夜。第二天，两个人起来跟老秦磕头，把老秦乐得胡子一翘一翘的。吃过饭，秦玉红就要回北京，说有好多事儿没处理。老秦说，刚结婚就走？不行！

秦德伟说，爹，让她走吧，家里有我呢。

秦玉红走后，秦德伟跟老秦说了实情。秦德伟说，我知道爹对我好，我不走了，我就是你的亲儿子。老秦听了热泪纵横。

消息传出去，大家都说秦德伟守寡了，喊他小寡妇。

有人从北京回来，说见到秦玉红了，秦玉红在北京给一个富翁做二奶，还生了孩子。

老秦跟秦德伟说，孩子，我不能委屈了你，回头找高媒婆给你寻个好姑娘。秦德伟笑笑，爹，不急。说完，一溜碎步去烧鸡店。

好姑娘谁愿嫁给秦德伟？长相不很好，又摊上这样的名声。后来老秦张罗着，通过西街的老袁，找了一个四川女人。过了三年，老袁贩卖人口被逮捕，供出了老秦，四川女人被警方搭救回四川了，连个孩子也没留下。老秦怕秦德伟心里不好受，安慰他说，孩子别生气，回头咱再找。

秦德伟摇摇头，不找了，也许我就是寡妇命。

一句话把老秦说笑了，笑着笑着抱住秦德伟哭起来。

快过年的时候，秦玉红回来了，拉着一个四岁的孩子，让孩子喊姥爷。老秦黑着脸说，你还有脸回来？

生气归生气，老秦劝秦玉红跟秦德伟一起过。秦玉红说，以前是我想过好日子，看不上哥；如今，我被人一脚踹了，配不上哥。我真的不想活了，就是放心不下这个孩子。

秦玉红整夜整夜的抽烟，有一天突然不辞而别，再也没回来。老秦一气之下，得了脑血栓，吓得秦德伟把老秦背到县医院，衣不解带、倒

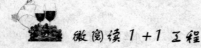

屎到尿伺候了一个月。

秦德伟一边经营烧鸡店，一边照顾老秦和孩子。孩子上小学了，秦德伟每天一早把孩子送走，伺候好老秦吃饭，再把老秦推到街上走走，然后开门经营烧鸡店。后来，他干脆把老秦烧鸡店的牌子摘下来，换上新牌子，上写小寡妇烧鸡店，生意异常火爆。

有人跟他开玩笑，小寡妇，改嫁不？

秦德伟还是笑眯眯的样子说，倒是想改嫁，可惜我上有老、下有小，忙得顾不上啊。

马乡长

马乡长陪胡县长出国考察半个月，回来就变得异常了。

首先是那一次全乡干部大会。马乡长走上主席台，叽里咕噜像鸟叫，云里雾里，谁也听不懂是哪一国的语言，台下笑得像看耍猴。王秘书赶快把他拉下台，纠正了半天终于会说中国话了，可是说的是普通话，不会说方言。

正好财政所长找他签字，马乡长签的是约翰斯皮特。财政所长哭笑不得。没办法，王秘书只好安排司机先把马乡长送回家休息几天。

妻子给他开门，他冲着妻子一怔，说你这个娘儿们是谁啊？为什么在我家？妻子吓了一跳，摸摸他的头，不烧，心说坏了，是不是哪个零部件出了故障，头不烧怎么说起胡话来了，是不是拿我开玩笑啊？妻子就没好气地说，跟着县长出一次国就不知道自己姓啥了？还一口普通话，别不知道自己吃几碗饭，少在老娘面前装酷。

马乡长一听急了，说你这个娘儿们还敢骂人？我又不认识你！

正好马乡长的女儿放学回来了，兴奋地喊，爸爸，你可回来了？外国好不好啊？

马乡长笑笑，说这个女孩子蛮漂亮的嘛，我看你眼熟，好像在哪里见过。不过你可不能管谁都叫爸爸啊。

女儿听得一头雾水。马乡长老婆这才知道马乡长真的有问题，递个眼色，让女儿看好马乡长，拉上司机去找马乡长的爹马老四。

正好，马乡长的舅舅也来了，和马老四喝酒。马老四端起酒盅哈哈笑，吱溜喝了个底朝天。这时候马乡长老婆上气不接下气地跑进来。马老四一听，把酒盅一推说，走，看看去。

马乡长正在讲述巴黎的姑娘、芬兰的山水，马老四进来了，大手一指说，小兔崽子，不认人了？马乡长看了马老四一眼说，这老家伙是谁啊？马老四急得要跳起来了，说，我是你爹。马乡长有些不高兴了，一拍桌子说，我是你爹！说完用手指着马老四的鼻子说，老家伙说话文明一点儿！马老四一听，手拍大腿像是牙疼，哎哟，乱套了，这浑小子出国几天连爹也不要了。

马乡长女儿脑海里掠过一个信号，爸爸一定是患了什么病症，精神不正常了。对了，课本里不是有一篇文章叫《范进中举》吗？范进疯了，找人打两巴掌就醒过来了。女儿一讲这个故事，马老四觉着有道理，推推马乡长舅舅说，你过去试试。

舅舅嗯一声，挽挽上衣袖子，伸出大巴掌。马老四拦住说，轻点儿，轻点儿。

舅舅一巴掌抡过去，啪一声打在马乡长脸上。正要打第二巴掌时，没想到马乡长奋起还击，一声脆响，打得舅舅眼冒金星，嘴里发咸，竟然吐出两颗带血的牙齿。

只听马乡长歇斯底里地高声喊道，反了，反了，派出所呢？把这个老家伙抓走关几天。

人们都慌了，马乡长是不是因为什么事情受了刺激，失去记忆了？得赶快送医院啊，马乡长马上要提副县长了，这样下去可不行。马乡长老婆正要打电话，王副乡长来了，过一会儿张副乡长也来了。

王副乡长跟张副乡长说，你咋才来？张副乡长一边擦汗一边说，我在县里开会来晚了，这次会议很重要，告诉你，胡县长被查办了。

胡县长被查办了？马乡长的眼睛睁得像鸡蛋，说话一口地地道道的元城方言，一下子晕倒在沙发上。马老四喊一声掐人中，一伙人就都掐自己的人中。气得马老四说错了，错了，错了，掐错了。人们才醒悟，按住马乡长，使劲儿掐，掐得嘴上一片黑紫。

马乡长半天才缓过神来。马乡长站起来跟老婆说，弄不好要出事了，你中午不要给我留饭，我要去县里。

马乡长说着话边往外走，一转身撞在一个人身上，抬头看，是父亲马老四和舅舅，马乡长惊讶地说，你们咋来了？有什么事情要我出面协调吗？

老 宋

老宋这人啊，因为笨，没少挨老婆的骂。

但是老宋爱看书，别人喝酒打牌聊闲篇儿，他却猫在家里捧着书看得连饭都忘了吃。书看多了，喜欢写一点东西寄到报社，在报纸上一发，就有三五元不等的稿费单子，像零零散散的小雪花向他飘过来。在乡下，能在报纸上发文章的人凤毛麟角，老宋也算是在三里五乡小有名气了。

大概是2000年前后，新来了一个乡长，听说还有老宋这样的人才，就把老宋弄到乡里来了，让老宋做资料员兼报道员，负责起草领导的汇报材料和新闻报道。老宋像进了翰林院一样，乐得屁颠屁颠的，跟在乡长屁股后面，乡里有什么活动都要写成新闻稿投给市报和县报。后来为了确保上稿系数，老宋摸索出来一条经验，就是骑着自行车到报社去送稿子，这样就比寄过去要好得多。老宋不怕累，骑自行车送稿子比在田里锄玉米地要强一百倍呢。

老宋是个地地道道的庄稼汉子，穿一件中山服大得盖过了屁股，而且皱巴巴的。双手捧着自己写得工工整整的稿子递给报社的编辑时，老宋的脸也变得皱巴巴的了，像是核桃皮。小眼睛眯成一条缝，核桃皮就会魔术般的变成一朵枯菊。老宋还不停的跺几下脚，鞋上的泥巴都落在了报社的地板上。

负责编发农村新闻版块的是一个大学毕业不久的女孩子，看着老宋一副憨相，就说大爷您坐。老宋眨巴着小眼睛说，编辑老师，您可别喊俺大爷，俺才40多岁，您就喊俺老宋吧。

后来就熟悉了。女编辑看着老宋手里提着一个破包，挺可怜的，正好她刚从省城开会回来，别人送她一个手提包，真皮的，就给了老宋，把老宋高兴得像鸡啄米一样点头感谢。可是过了几天又见到老宋时，老宋手里提的还是以前的那个破包。老宋讪笑着说，破包保险，没人打劫，里面装十万块钱也不怕。

不久，编发农村版块的编辑换成了从宣传部调来的一个秃头顶的中年男人，姓刁。据说这个刁编辑搞婚外恋，被那女的赖上了，弄得满城风雨，没法在宣传部混了才被调到报社当编辑的。老宋手里捧着稿子，左一声刁老师，右一声刁老师，这刁编辑却不买他的账，好像还在生那个女人的气，好像老宋是那个女人的亲戚一样，不看老宋一眼，压着老宋的稿子不给发。弄得老宋没有办法，再去，口袋里装了两盒烟塞给刁编辑。刁编辑见烟眼开，笑笑说，马上给你签发。

老宋就是有两下子，不服气不行。

最近乡里搞起了大棚蔬菜，县里决定在乡里召开现场会。乡长想趁这个机会在报纸上发一个关于大棚菜种植的消息，就通知老宋连夜写一篇通讯，明天必须送到报社。

老宋家的老母猪要下崽了，正蹲在猪圈里做收生婆呢。老宋就用一双血呼啦的手捏着笔在猪圈里写了一篇两千字的通讯稿子，天一亮就洗了一把脸，骑上自己的破自行车，匆匆赶到市里来找姓刁的编辑。

到了报社门口，老宋一拍口袋，坏了，忘记带烟了，这可咋办？

老宋转了一圈又一圈，急得直拍脑袋。他眼睛一亮。把头上的草帽摘下来，顺手扣在刁编辑头上说，送你一顶草帽吧，昨天新买的。

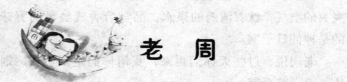

老 周

　　元城县政府的办公室主任老周，因为工作应酬，天天好烟好酒，迎来送往，吃吃喝喝，泡在大鱼大肉里面，练就了一副铁胃。在官场打拼，平日里没有闲暇时间锻炼，50岁的老周大腹便便，几次减肥都是无功而返。最近感觉手尖发麻，腰酸背疼，走起路来大喘气，身体每个部位都感觉不舒服。到医院一查，医生说是典型的三高，有偏瘫的迹象。

　　工作是公家的，身体可是自己的！老周害怕了，对生的渴望让他痛下决心减肥。他找医生开了诊断书，告病假，准备休息一段时间。

　　俗话说，病从口入，老周戒了烟酒，改吃素菜了。萝卜咸菜，吃起来很寡淡，一想到自己的身体，要控制饮食才能摆脱死神的阴影，老周还是坚持下来了。他还每天晨练，在县城的公园里面散步一小时。

　　从紧张忙碌的工作状态中解脱出来，老周一身轻松，体重开始下降，呼吸顺畅多了。再想起以前的大吃大喝，老周感叹：论吃还是家常饭，论穿还是粗布衣，古人说的没错。

　　在城里住得有点烦，有些向往大自然了。他干脆带着老伴，搬到了一个远离市区的小山村，盖了一间小房子。房子周围开满野花，天天在酣睡中被鸟鸣唤醒。地里的灰灰菜、杏仁菜遍地都是，一簇簇，一层层，牛羊都懒得吃。老周采撷野菜，用开水烫一下，放盐、味精，凉拌，吃起来爽口。

　　夏天到了，老周上树采摘槐花，拌上白面，放进锅里蒸。他抱柴，老伴儿烧火，一会儿热气腾腾的蒸槐花出笼了，用蒜泥调一下，吃起来可香了。

　　老周还自己养了几只鸡，喂了几只老山羊，吃野果，吃野菜，喝山泉，过起了极尽潇洒的桃源生活。

半年后，政府办的同事们来看他，他瘦了许多，兴致勃勃地下厨房一阵忙活，让大家吃他做的饭，野菜、笨鸡蛋摆了一桌子。大家呼吸着爽爽的空气，饮着清冽的泉水，品尝着香气袅袅的野味说，老周，你过的是神仙日子啊。

老周说，过些天你们再来，我请你们吃知了猴、蝈蝈和蚂蚱，用油炸一下，美食啊。

大家说，在你老周眼里，什么虫子啊，草啊也能吃？老周哈哈大笑，除了屎壳郎，什么都能吃。大家说，等我们退了休，都来这里盖房子，和你一起过神仙日子。

老周高兴的是到县城做了一次体检，尽管没吃药，血压正常了，血脂和血糖降下来了。老周晨练太极拳，闻鸡起舞；午后小憩，在夕阳中散步。小日子过得自在逍遥。

如果不是领导打电话催他上班，他真的乐不思蜀了。

最近，市里有个项目需要老周出面。领导听说老周身体康复了，让他回来上班。老周很高兴，让县里派车，明天上午来接他。

第二天，县里的轿车一路颠簸，来到老周居住的山坳下，只见鸡在院里踱步，老山羊咩咩叫，却不见老周两口子。司机师傅推开门，才发现老周夫妇倒在土炕上，浑身抽搐。

原来，老周早饭吃野蘑菇中毒了。因为远离县城，等大家把他抬上车，刚走到山下就手脚冰凉了。

爱　爱

爱爱刚出娘胎那阵儿，不会哭。收生婆七奶倒提着爱爱的小腿儿，啪一下，啪一下，拍得小屁股又红又肿。爱爱还是闭着眼睛，紧绷着嘴唇。七奶也有些犯怵了，心说看起来不使出绝招是不行了。七奶高喊一声：拿根烟来！

社林在门外圪蹴着，忙站起来把头伸进屋里，一只手在口袋里摸烟。七奶等不及，从社林嘴上把烟撸下来，又把社林关在门外。七奶猛吸几口，把浓浓的烟雾吐在爱爱脸上，爱爱哇一声哭出来了。七奶心里的石头落了地，忙着用小褥子包裹爱爱，然后喝了一碗红糖水，洗洗手告辞。七奶临走甩下一句话，这小妮子命硬。

还真应了七奶这句话。爱爱跌跌撞撞学走路的时候就把娘妨死了。

社林是村长，给爱爱找个后娘，就像背上猎枪去后山打个狍子一样容易。爱爱怯怯的眼神看到社林把一个夹着小包袱的瘦女人领回家，不由得退后一步，靠紧了墙角。社林对瘦女人说，在这个家，你爱咋着就咋着，吃喝穿戴由着你，但是有一条，不许动爱爱一根汗毛。瘦女人忙不迭地点头。

社林在村里可威风了，遇到不顺心的事情就打开广播，骂张三没看好自家的猪，跑出来糟蹋庄稼，又骂李四家的弄塌了五爷的栅栏。村里人没有不怕社林的。社林怕谁呢？硬要找一个，社林怕他的闺女爱爱。

半夜里，爱爱醒来要吃饼干。社林提上裤子就去叩吴老二小卖部的门，高一声、低一声地喊，吴老二你个龟孙快起来。弄得半个村子的狗一起猖叫。

有时候，社林从乡里开会回来，怀里揣着半个烧鸡，悄悄把爱爱喊到身边，看着爱爱吃。

爱爱长成了大姑娘，虽说长相一般，却很会操持家务。爱爱没有考上大学，一连好几天撅着嘴。社林让瘦女人做了一桌子菜，一边吃一边说，过几年，在村里选个俊朗勤快的后生，做咱们家的驸马。爱爱脸一红，不吭声，只顾给社林倒酒。

社林喝得晕乎乎地说，七奶说俺闺女命硬，她懂个屁。

村里有人想弄块宅基地，夜里来给社林送钱。还有的想当兵，还有的想生二胎，来找社林盖章，手里捏着花花绿绿的东西向社林口袋里塞，让爱爱撞上了。爱爱就跟社林说，这样下去，早晚要出事儿。社林说去去去，小孩子知道啥？再说我还不是为了你好？

隐隐约约，爱爱听到村里人背后说社林的坏话，咒社林不得好死。

社林送走一个送礼的，转身回屋，见爱爱低着头。爱爱跟社林说，你真的不能再这样了。别看他们表面上敬着你，其实都恨死你了。社林摆弄着手里的公章说，有这个小戳，不怕他们嚼舌头。

再有人来给社林送礼，爱爱就把送礼的人挡在门外。社林急了说，看起来你这孩子的命真的很硬。爱爱的泪水下来了，喊了一声爹。

社林说你别喊我爹，我不是你爹，你是我爹。

晚上吃饭的时候，社林喊爱爱，屋里没人吭声。社林一脚踢开屋门，屋里空空的。社林害怕了，爱爱，爱爱，社林疯了一样跑遍了村子的每一个角落。

一个姑娘家，能到哪里去？社林害怕了。

社林一夜没睡，狗一样绕着村子喊爱爱。社林说，找不到爱爱我就不活了。

天亮的时候，有人来给社林送信，说爱爱在渠沿上呢。社林深一脚、浅一脚来到渠沿上，只就见渠沿上搭起一个窝棚，垒了一个灶台，爱爱正在烧火做饭呢。社林惊喜地喊一声爱爱。

爱爱抬头笑笑说，爹啊，都怪我命硬，克你。我害怕看到你被人抓走，只好在这里躲一躲。

社林一脚踢了灶台，一把扯倒窝棚说，爱爱，你跟爹回家，以后爹听你的。

村里人都夸爱爱是个好姑娘。社林挠着后脑勺说，这闺女，命硬，把我这个当爹的都镇住了。

蔡小娥

蔡小娥跟郑三结婚时，郑三家里穷得揭不开锅，东拼西借凑了两桌酒席。晚上，一对红烛，两人相拥，郑三说，俺这么穷，你说你图的啥？蔡小娥说，俺就图你对俺好。

说得郑三眼睛潮乎乎的。

蔡小娥和郑三是高中同学。有一回，蔡小娥的饭票丢了，晚上哭泣着在操场上找。郑三说，你去睡觉吧，我帮你找。郑三打着手电筒在操场上摸了一晚上也没找到，却把自己的饭票给了蔡小娥说，我帮你找到了。害得郑三一周没吃饭，饿了就去校园外的树林里掏鸟窝，去田里扒红薯。蔡小娥知道了，感动得啪嗒啪嗒掉眼泪。

在县城读书，周末回家要走夜路，每次都是郑三先把蔡小娥送到村口，才返回自己家。就凭这些，蔡小娥和老爸斗争了两年，终于嫁给了郑三。

村里人羡慕，说郑三这穷小子有福气，上辈子烧了高香，娶回这么漂亮的老婆。

结婚三天，蔡小娥回娘家，从娘家带来几只鸡仔和一头猪娃。鸡仔在院里咯咯叫，猪娃在圈里哼哼，家里有了生机。两个人说说笑笑，鸟儿一样支撑起清贫而甜蜜的小巢。干瘪的日子一天天滋润，一天天饱满起来。

蔡小娥说，把家交给我，你出去打工吧。郑三舍不得离开家，蔡小娥笑眯眯的，蛇一样缠着郑三说，我天天想着你。

郑三出去一年，蔡小娥把家打理得整整洁洁，鸡下的蛋一箩筐，卖猪收入1000多元。郑三却没挣到钱，回家过年，吃饭也不香。蔡小娥把饺子端到郑三面前说，吃吧，还有明年呢。郑三说，再挣不到钱我就不回来见你。

第二年，郑三去东莞，干了半年又回来带人，说是承包了好几家电子元件厂的活儿，做了小老板。郑三跟蔡小娥说，你和我一起去吧。蔡小娥摇摇头，丢不下家里的鸡仔，放不下圈里的猪娃。

过了几个月，有人从东莞回来，说郑三在外面抱着别的女人。蔡小娥听后心里七上八下，晚上在床上翻来覆去睡不着。

腊月二十三是小年，蔡小娥去村口接郑三。一辆轿车停在身边，车窗里拱出一个胖胖的脑袋，喊了一声娥。蔡小娥一看，喜滋滋地说，郑三你个死鬼。

蔡小娥上了轿车，才发现轿车里面还有个妖精一样的女孩子。郑三说，这是我的小蜜四尖。蔡小娥愣一下，握住四尖的小手嘘寒问暖。回到家，忙着给四尖做饭，一连磕了四个荷包蛋，煮熟了，笑盈盈地端给四尖和郑三。

村里人听说郑三带回一个年轻女人，踩着月光过来瞧稀罕。说瞧稀罕，其实是来瞧蔡小娥啥反应。村里人的目光在蔡小娥脸上瞟来瞟去，没见蔡小娥流泪，也没见蔡小娥叹气，看到的是蔡小娥把热气袅袅的一盆水端到四尖面前说，妹子，泡泡脚，走一天了，早点歇着吧。

村里人有些失望了。

晚上，郑三发现蔡小娥坐在门口，穿着一身孝衣。只有死了人，晚辈才穿孝衣呢，郑三说，娥，你疯了？蔡小娥说，我才不疯呢，我男人死了，我为我男人穿孝呢。

郑三气咻咻地抬头看，中堂摆放着一个木牌儿，上写亡夫郑三之灵位，两侧两只白蜡烛。郑三看着看着，笑得眼睛出水。

四尖跑出来咯咯笑。四尖说，嫂子，我是邻村的，在郑哥厂里打工，顺便搭他的车回来的。郑哥一路夸你贤惠，我出了一个馊主意，就说我是郑哥的小蜜，跟你开个玩笑。

蔡小娥愣一下，扑到郑三怀里，哇的一声哭起来，拳头不停地在郑三背上使劲儿擂。

傅小草

手里拿着蛇皮袋的女人就是傅小草。傅小草长得五短身材、罗圈腿，黑黑瘦瘦的。走在她前面，手里也拿着蛇皮袋子的男人是她的老公二丑。自从自家的土地变成了村头的高速公路，这两口子就开始了每天去元城捡破烂的营生。

二丑回过头说，走快点，别磨叽，杨大山是你的魂儿？傅小草瞪了二丑一眼，不说话。

傅小草喜欢看她的对门邻居杨大山走路的样子。别看杨大山在货场做装卸工，走起路来可不像二丑那样呆头呆脑。杨大山走路挺胸抬头，甩着两条胳膊，大步叉子有板有眼，极潇洒，像个凯旋的将军。二丑知道傅小草的心是，就给村长送礼，在村外买了一块宅基地，盖了五间亮堂堂的大瓦房。一说搬家，傅小草的牛脾气就上来了，说你自己搬吧，这小窝棚我还没住够呢。二丑说，你是怕一搬走就看不到杨大山了吧。傅小草说，你胡说。二丑说谁胡说了？你睡觉说梦话还喊杨大山呢。

傅小草的脸红了。好在傅小草的皮肤黑，不是很明显。

二丑说，杨大山不就是一个男人吗，有啥好看的。傅小草说，男人和男人不一样，杨大山有男人味儿。二丑一听，像是倒了牙，说杨大山啥味儿，你闻过？傅小草说，我闻过，我用眼睛闻的。

二丑说，屁话，我还没听说过谁用眼睛闻呢。傅小草说，你不懂，你就懂得捡破烂。

二丑心里郁闷，闲下来就找杨大山的老婆打麻将，好像故意气傅小草。

今天咋不见杨大山呢？傅小草心里挂了一块大石头。傅小草和二丑每天出门的时间，正是杨大山上班的时间。傅小草没心思捡破烂，推说肚子疼，天不黑就回家来了。傅小草去街上打听，原来杨大山穿着皮底子鞋，扛着麻袋从踏板上走，脚滑，跌下来扭伤了腿。傅小草心里就骂杨大山的女人，这懒娘儿们光知道打麻将，不会伺候男人。

一连几个晚上，傅小草趁着二丑出去和杨大山女人打麻将，做了一双千层底布鞋。鞋做好了，咋送给杨大山啊？直接送不合适。这里有个风俗，女人只能给自己男人做鞋。偷偷扔到杨大山家？也不妥，万一杨大山不知道，让狗叼走就白费工夫了。傅小草想了一个主意，去县城邮局，寄给杨大山。

不久，杨大山能走路了，能出门了，又能去货场了。傅小草想看到杨大山穿着自己给他做的布鞋，可是他看了杨大山好几次，杨大山倒是换了一双球鞋，却不是自己做的布鞋。傅小草不急，心说，总有一天会看到杨大山穿上自己的布鞋。

没几天，却传来杨大山两口子离婚的消息。杨大山藏着一双布鞋被女人发现了，女人说杨大山有外遇，就要和杨大山离婚。傅小草心里咯噔一下，觉着自己成了罪人。

又是几天过去了，二丑也不见了。二丑临走留下一封信说，傅小草你好，我当初和你结婚是因为我家里太穷了。如今日子好了，不能委屈一辈子，我和杨大山老婆私奔了。你不是喜欢杨大山吗？傅小草你就和杨大山一起过吧。

傅小草把二丑留下的纸条撕得粉碎。

傅小草再见到杨大山，杨大山穿上了傅小草做的布鞋。傅小草瞅着，眼里有了泪水。

有人撮合，让傅小草嫁给杨大山。傅小草说，俺长得丑，不配。再说，傅小草急了，砰一声关了门，谁喊也不开。

 # 谷　穗

　　村里人说，若在城里，谷穗这姑娘肯定比万人迷还要万人迷。谷穗听了总是羞怯地一笑，转身走开或者低头不语。

　　谷穗勤快，吃完饭就去棉花田里。

　　今天一出门，又遇到那个女人。

　　女人穿戴得珠光宝气，白白净净的，一看就是城里人。谷穗感觉女人很是面熟，好像在哪里见过。使劲儿想想，把亲戚和熟人想了一遍，仍是想不起来她是谁。女人常常在村口等着谷穗，撵着谷穗看，目光粘在谷穗身上，让谷穗很是不自在，谷穗有些恨这个女人了。谷穗心里想，再看就把你的眼珠子抠出来，扔到河沟里喂老鳖。

　　刚刚下过一场雨，地里的棉花叉子长疯了。娘有病，躺在床上不能动，谷穗急着去棉花田里。走一段路，回头看看，女人还在跟着自己。谷穗看看四周没人，生气地说，你总是跟着我干什么？女人不生气，先笑笑，继而眼睛一酸，泪水扑簌簌下来了。

　　女人的泪水让谷穗心里慌了，说我又不认识你，你哭啥？

　　谷穗说完扭过头去，想把女人甩掉，田里还有活儿等着她干呢，她才不和一个陌生的女人闲聊呢。

　　女人紧走几步，挡在谷穗面前，掏出手绢揉着红红的眼睛说，孩子，我是你的亲娘啊！

　　谷穗一下愣住了，忽然想起小时候的一件事儿。

　　上小学四年级的时候，她和小伙伴一起玩，小丽骂她是抱养的。她哭了，回家告诉娘。娘的脸色铁青，不依不饶地拉着她去小丽家，吓得小丽的娘不停地赔礼道歉。后来，谷穗仔细端详过娘，再找个镜子看看

自己，自己长得和娘一点儿也不像。娘的个子矮，瘦瘦的，圆脸，单眼皮，皮肤糙，也黑。而自己是高挑个儿，白白净净，长脸，双眼皮。谷穗想，可能自己长得像爹吧，就向娘要爹的照片。娘不给，说他死去好几年了，看他干啥。谷穗就自己找，找到了，比一下，爹也是圆盘脸，单眼皮，更不像。谷穗夜里睡不着，亲娘是谁呢？

后来，谷穗就不想了。娘对自己好，比小丽的娘对小丽还好呢。家里的鸡下了蛋，娘舍不得吃，攒起来给谷穗留着。谷穗想要星星，娘也能上天去摘。有一次谷穗害病，发高烧，娘背着她走了 40 里的山路，连邻居都说娘溺爱谷穗。

谷穗不知道说啥好，冲女人一瞪眼说，我不认识你，你不要瞎说。

女人擦一下泪水说，孩子啊，你是我身上掉下来的肉，我咋是瞎说呢，你腰间有一颗红痣，我没有说错吧？

谷穗心里咯噔一下，自己身上有颗痣这女人都知道，看来女人的话是真的。该咋办呢？谷穗有些急了，呼吸急促起来，眼睛睁得大大的，心里乱成一团麻。

女人拍着大腿说，孩子啊，你爹是卫生局长，为了要儿子才把你送人的。当年不是没办法嘛。如今，我找了你好几年，才终于找到你。

谷穗说，你把我遗弃了，还找我干啥。女人说，自己的孩子，天天想，娘都后悔死了。你爹前年退了休，也说找不到你不甘心。

谷穗看了女人一眼说，我不是你女儿。说完就要走。女人拦着她，掏出一沓子钱塞给谷穗说，你不认娘也行，这钱你收下，我知道你的日子过得苦，我和你爹的退休金花不完。谷穗把女人的手挡开说，你们有钱是你们的。再说我和你不认识啊，我不会要你的钱。

女人说，你就收下吧孩子，不然我会愧疚一辈子的，娘对不起你啊。

谷穗说，你就不要说疯话了，俺娘在家好好的呢，俺还要去田里。谷穗说完，一溜小跑躲过了女人。谷穗感觉自己眼里汪满了泪水，不知不觉流出来了。

 # 民女张桂英

腊月里下了一场雪，我到乡下大姨家去。

大姨家住在村子中间的大街北面。我一连几天发现街南的一座新房子上站着一个女人，穿一身红色的羽绒服，专注地向远方凝望。我问大姨，那个人是谁？她在房上看什么？大姨正在屋里蒸年糕，头也没抬说，别理她，精神病。过一会儿，大姨又补充说，那个女的叫张桂英，人也勤快，就是爱上房。为了上房，去年专门盖了一座平房。

我这才发现大姨的村子里全是清一色的瓦房，只有张桂英家是新盖的平房。我觉着好奇，她为什么爱上房？

谁知道她为啥爱上房！怪呗。大姨说，其实张桂英也挺可怜的，他不是本地人，是被拐卖过来的四川媳妇，给徐秃子做了老婆。刚来的时候整天想着逃走，被徐秃子抓回来狠狠揍一顿才老实了，还生了一个娃儿。别人家都住上了新房子，徐秃子家穷，住的还是漏雨的土坯房。徐秃子往死里忙活，种了一亩西瓜。前年两口子去元城卖西瓜，半道上翻了车，后面一辆汽车来不及刹车就撞上来了。眼看着张桂英危险，徐秃子上前去护张桂英，被撞伤了腰，瘫在炕上起不来了。你说怪不怪，徐秃子瘫了，说张桂英你走吧，张桂英倒不走了，死心塌地伺候徐秃子。这两年，张桂英硬撑着盖了一座新房。你说这人活在世上吧，夏天能热死，冬天能冻死，不冷不热能累死，活着就像遭罪。她倒好，天天上房，你说这房上有啥好看的牵挂着她的魂儿？

我也觉着张桂英怪怪的，不由得再次把目光投向她时，目光扑空了。

没想到我和张桂英还有一次相识的机会。那天早上我去小卖部买牙膏，村里的泥巴路滑极了，我跌了一跤，胳膊脱臼，疼得龇牙咧嘴。大

115

姨说赶快去找张桂英吧。拉上我就向张桂英家跑。

张桂英正要上房，见我，上了半截又下来了，笑吟吟地帮我捏胳膊。她托起我的手臂猛一抖，只听咯噔一声，脱臼的关节复位了。我一边感谢，一边打量着这个怪人。

我说我见你天天上房。张桂英像是羞涩，把目光错开了，说上房看看，感觉就是不一样。

大姨插话说，咱这破地方有什么好看的，早就看烦了。

张桂英莞尔一笑，哪能看烦呢，就像看自己的家人，越是天天看，越是觉着亲近。你看，春天树变绿了，夏天开满了各种各样的花，秋天结了果实，冬天下雪才好看呢。就是不下雪，一眼能看挺远，屋顶一个连着一个，像一幅画。不信？你们上去看看，美着呢。

说话间，张桂英要我们和她一起上房，好像是她做了一桌子美食让我们品尝，不尝一口就对不住她的热情。她家房子的一侧是砖砌的台阶，我和大姨将信将疑地和张桂英一起上房。

张桂英指着不远一处房子跟大姨说，看，那就是你家，那是二蛋家，那是锁子家。大姨说，哦哦，那又有啥好看的，不就是换个地方看吗，又不是西湖美景，看美得你像是做了皇上。张桂英笑笑，说在房顶上看天，天是这么大，这么蓝，离人这么近。在田里干活儿累了，回到家洗洗澡，再到房上看看，空气也新鲜，有一种想飞的感觉。

大姨就笑，说看来看去还是这破地方，也看不出钞票。

从房上下来，张桂英拉着大姨去他们的屋里坐一坐。一进门，我看到屋里有一个书架，上面堆满了书。书架旁边是一盘土炕，土炕上卧着一个憔悴的男人。

偷偷爱着你

　　女人喜欢踩着暮色中的村路去河边洗衣服。女人穿着葱绿色上衣，扎着花头巾，一只手抱着洗衣盆，盆里放着几件花花绿绿的衣裳。

　　女人蹲下来，先把衣裳浸湿了，挽挽袖子，有一搭没一搭地在河边的青石上揉搓着，肥皂泡像洁白的花朵一样在女人的手上淀放。女人用目光编一张网，不时地撒向村头的路口，捕捉一个男人的身影。

　　女人不会生孩子，常常被丈夫打得身上青一块、紫一块。种上了秋苗，丈夫就出去打工了，一走俩月，连个电话也不打。女人自己在家过日子，没了丈夫打骂，却也有难处，幸亏男人帮了自己一把。过中秋节，女人想吃韭菜馅儿饺子，正犯愁没有买到韭菜，一把韭菜隔着墙头飞进来。女人惊讶了，一溜小跑出门，却看到男人慌慌张张的背影。

　　谁知道这件事被别的人看到，传遍了村子。村里人见了女人和男人，都抿着嘴笑，笑得男人的脸红红的，笑得女人低了头。

　　伏天下大雨，女人背着半袋子尿素，摇摇摆摆地去田里施肥。雷声不时地在头顶上炸响。女人望着高高的玉米田，心里直扑腾。正好男人来了，夺过女人的化肥袋子要帮女人。女人说，下这么大的雨，你还是回家吧，别把你淋病了。男人看女人一眼，笑笑，露出白白的牙齿说，反正已经淋湿了。

　　男人钻进玉米田里，撞得玉米叶子唰唰响。

　　有一回半夜里，男人家一阵打闹，就有人在黑暗中踩着狗叫去男人家看热闹。女人也去了，原来是男人的老婆在家里骂男人，说男人夜里趴在自己身上喊桂芬。

　　桂芬就是女人的名字。

女人红了脸，扭头往家走，幸亏有夜色遮掩着。

半夜，女人再也不困了。女人才三十岁，女人要做三十岁的女人。睡不着，女人在灯下给男人做鞋。鞋做好了，咋送给男人呢？女人故意用针扎自己的手指。女人骂自己说，谁要你给人家做鞋了？你又不是人家的老婆。

骂完了，女人把受伤的手指吮在嘴里，想男人笑的样子。

暮霭上来了，柔柔的，绕着村子周围飘飞。红艳艳的晚霞正在隐退。男人终于过来了，男人吹着口哨。

男人看一眼女人，口哨的声音戛然而止。男人低了头，继续向前走。

女人想上前拦住男人，问他为啥躲着自己。女人忍住了，女人把洗衣盆一推，把身子一倾，故意跌倒在小河里。女人落水的时候大叫了一声，那叫声有些夸张。刚过白露，河水有些凉，女人闭上眼睛，觉着河水再凉一些才好。

女人睁开眼，正躺在男人怀里。女人感觉男人温热的胸像一座山，缠绕着她的手臂像一道铁箍。女人不想动，故意闭上眼睛。女人像风，像水，像一摊泥。

男人放下女人，男人身上还在滴水，就像在玉米田里。女人有些心疼男人了。

女人好久才喘过气来。男人说，以后要注意啊，不要一个人来洗衣服了。

男人要走，女人对男人骂了一句很歹毒的话。男人看女人一眼，女人伸手从洗衣盆边上抓起一双新布鞋。男人愣在那里。

女人摔了新布鞋，捧头大哭。

给我打个电话吧

过完年，草绿了，树也绿了，男人要出去打工了。女人也要跟着男人走，男人说，家里的鸡鸭需要你喂，田里的庄稼需要你除草，你还是守着家吧。

女人舍不得男人走，俯在男人耳边说，别出去了，俺想你。男人抱紧了女人说，我也不想离开你，可是不出去打工挣钱，咋过日子？咋盖新房子？

一说到新房子，女人沉默了。邻居家都盖了新房子，他们家还是泥坯屋。

女人跟男人说，你隔一天要给我打一个电话。

男人说，好吧，咱们都有手机，一天一个电话也行。

到了工地，男人隔一天给女人打一次电话。打多了，男人感觉没话说，白白浪费电话费，就三五天打一个电话。男人很忙也很累，回到宿舍就打起了呼噜，后来就一周才打一次电话。男人说，光打电话，浪费电话费。

女人等男人的电话，等不来，有些失落。喂猪，到田里转转，看电视打发时间。女人慢慢陶醉在一部电视剧中了。电视剧里的男人有了外遇，抛下妻子，跟着情妇走了，妻子还蒙在鼓里。

女人失眠了。女人想，男人会不会在外面也有了外遇？听人说，外面的世界很开放，啥事儿也有可能发生。村子里就有一个男人，在外面混了几年，回家跟老婆闹离婚。

女人心里很烦，七上八下的，关掉电视，找邻居家女孩玩。女孩在家上网，网上真是一个多彩的世界，女人喜欢上了网络，跟着女孩学上网，学聊天。女人初中毕业，很灵透，很快就学会了上网。

　　闲暇，女人就去村头的网吧聊天，给自己取了网名，叫孤独的玫瑰，和一个叫疯狂的石头的男人聊得火热。疯狂的石头说一些很暧昧的话，说得女人脸蛋红红的，心跳加快了，很刺激，不知不觉一晚上就过去了。

　　疯狂的石头是南方人，在元城开了一家服装店，说想见见女人。好在元城离女人的家不是很远，女人坐班车去了元城。

　　疯狂的石头很会讨女人喜欢，说宝贝儿，我送你一件衣服吧。衣服很新潮，女人穿上一试，惊呆了，镜子里的女人年轻了许多，跟城里人一样漂亮。接下来，女人一副娇羞的样子，低着头，跟着疯狂的石头去吃饭。

　　第一次走进豪华酒店，女人感觉晕乎乎的，脚下像是踩着云朵。疯狂的石头说，宝贝儿，今晚别走了。女人心里咯噔一下，像是要飞起来了，有些控制不住自己了。

　　两个人正在甜言蜜语，电话响了。疯狂的石头说，嘘，别说话，我老婆的电话。

　　老婆，我好想你啊，为了咱们的幸福，我会努力挣钱的。疯狂的石头手里捂着电话说，咋不想你呢？时时刻刻想。

　　挂了电话，疯狂的石头转过身来，嬉笑着在女人身上捏了一下说，我老婆让我每天给她打个电话，我今天忘了打，她给我打过来了。

　　女人像是被电击了一下，站起身说，我该回去了。

　　疯狂的石头拦着女人，不是说好了，今晚不走了嘛。

　　女人挣脱了，不行，我必须回去。

　　坐在公交车上，女人掏出手机，拨通了男人的电话说，你为什么不给我打电话？

　　不知咋回事儿，女人说着说着就哭了，哭得千里之外的男人心里直发毛。

# 局长打猎

局长十多岁的时候就跟着父亲打猎，扛着猎枪在田野上到处晃荡。尤其是秋天，玉米放倒了，荒草萋萋，不时地有人燃起篝火，田野上到处是窜来跳去的野兔，每一次都是满载而归。肥肥的兔肉又鲜又嫩，煮在锅里，半个村子都能闻到肉香。

现在局长打猎不是为了吃兔肉了。局长管着一个县的水利建设，每天请他吃饭的人排着队，还要看局长的脸色。在酒店一落座，什么菜都是让局长随便点。局长打猎玩的是心情。尤其是遇上不顺心的事儿，局长就自己驾车，带上猎枪去郊外打兔子。一到郊外，树是绿的，风也是绿的，空气也是绿的，局长在田野上奔跑。那情景，让局长一下子就融入到自然中了。还有冬天下了雪，局长发现雪地上有兔子跑过的痕迹，就追赶而去，走出一头细密的汗水。尤其是发现兔子的那一瞬间，那感觉，比任何享受都要爽。

后来，政府收缴猎枪，局长把自己的猎枪擦得锃亮，上缴了。但是局长打猎的情趣不减，就养了一条猎狗。猎狗撵兔子那场面让局长觉着自己就是将军，在田野上横刀立马，纵横驰骋。局长的工作是很累人的，需要放松一下，就带着狗来到郊外，闻着花香，听着鸟语，然后做个深呼吸，开始了游走。秋后的田野上没了庄稼遮掩，只有一垛垛枯干的柴草或者一畦畦葱绿的白菜。局长看到柴垛和白菜的时候就会目光一亮，十有八九有野兔藏匿在里面。局长就喊猎狗去撵，然后指挥一场你死我活的战斗。

这时候，局长最兴奋，好像一下子年轻了十几岁。

这几年田里喷农药，加上农业开发，沟沟坎坎全种上了庄稼，兔子

越来越少了，有时候一天也难遇上一只兔子，而且瘦得像一张皮。

上午去县委开会，得悉几个副职暗中拆他的台，已经分头行动了，争夺他的位置。局长回到办公室阴着脸，要去郊外。办公室主任小秦凑过来说，兔子有追逐光亮的习性，晚上拿一只手电，几里外的兔子都往那里集合，趴在灯光前一动不动。局长眼睛一亮，晚上把车开到野外，找个地方停稳了，灯光雪亮雪亮的。局长不急，抽根烟再看，前面有红红的眼睛在灯光里闪烁。局长欢喜，拍拍猎狗的脖子，猎狗扑上前去，一连抓了好几只兔子。

满载而归的局长浅浅一笑说，傻兔子，这点小诡计就把你骗了。

这地方属干旱地带，缺水，已经是春天了，草儿还没发芽。县里组织抗旱，安排了 10 眼扶贫井。僧多肉少，有 50 多个村争抢，都私下找局长。局长一直没有公开这事儿，在官场多年，局长深谙这里面的潜规则。局长正在思考这件事的时候，办公室主任小秦告诉他，王楼村的山坡上有野兔，而且很多。局长心里发痒，等不到周末就来到王楼村的一片山坡上。举目四望，初冬的风吹过，尽管遍地枯黄，局长还是发现了一只疾走如飞的野兔。再看地上，有新鲜的兔粪。局长心说，想不到这里还有一块绿洲。局长像伟人一样，大手一挥，威风地发出口令，猎狗就像一支离弦的箭射向野兔。

野兔前面跑，猎狗后边追。这一幕，让局长太兴奋了。

野兔跑不过，很快就被猎狗捉住了。猎狗用嘴叼着野兔，向主人请赏。

局长手里抓着兔子，目光很快就黯淡了。打了半辈子猎，局长有经验，家兔和野兔瞒不过局长的眼睛。

局长上车，汽车冒一阵烟儿，向着县城的方向疾驰，掀起一路烟尘。猎狗在烟尘里跟着汽车奔跑。

回春诊所

刘回春，元城北街人，祖上给乾隆皇帝把过脉，人称刘御医。刘家有一块"悬壶济世"的金匾，据说是乾隆爷亲笔题写。方圆百里前来找刘家人看病的患者车水马龙。到了刘回春父亲这一代，西医盛行，刘家诊所就日渐式微了。等到了刘回春坐诊，县医院新上了许多的设备，再加上中医疗效慢，病人更少了，闲下来，刘回春常常喝酒打发时光。

尽管这刘回春爱喝酒，常常一副玩世不恭的样子，但是刘回春确实有绝招，有一些疑难杂症，还真是非刘回春莫属。关于他的传闻很多，每个元城人都能给你讲出几个段子来。

去年，从建设局长位子上退下来的张来福一宿一宿的睡不着觉，吃了一大包安眠药也不管用。在县医院住了一个月，走着进去，架着出来，瘦了40斤，勾着头像个拐杖。张来福来回春诊所时，刘回春嘴里吐出的酒气划根火柴就能着火。刘回春伸出两根手指按着张来福的手腕打了一个盹说，刘局长脉相悬浮，乃是惊症。张来福心说这醉鬼，尽扯淡。刘回春不急不慢地说，张局长在位时太贪了。张来福脸一红，正要发作，刘回春又说，这事天知地知，你知我不知。你出资修一下北门外护城河的小桥吧，你这钱取之于民，用之于民，死后带不走半分文，将来老百姓睹物思人，也留个口碑。张来福听了，睁大眼睛看着刘回春。刘回春说，你别看我，你心里坦然了，血脉无阻，流淌如泉水，病自然就好了。

不久，北门外护城河上建起一座桥，老百姓把这座桥唤作张公桥。竣工那一天，张来福心里犹如巨石落地，能吃能睡，面色红润起来。

还有一个病人是现任卫生局长史达安，精神恍惚，吃不下饭，在家休病假。因为和刘回春是亲戚，就来找刘回春说，表哥，你给我把把脉。刘回春只管把脉，又问史达安家长里短，并不开处方。史达安说，表哥啊，给我开药吧。刘回春说，你明天骑自行车到火葬场看看就好了。史达安说，我到那鬼地方看个球。刘回春一副不屑的神色说，既然不相信我，那你另请高明。史达安无奈，只得说好吧，我看看你玩的是啥鬼把戏。

临走，刘回春喊住史达安说，病好了别忘了送我两瓶剑南春。

到了火葬场，门口停着一溜小轿车，有人看到史达安骑着自行车，就好奇地说，史局长，您微服私访啊？史达安忙问谁殁了，那人笑嘻嘻地说是元城房地产老总。史达安听了大惊，说前几天还见他了，咋说没就没了？那人趴到史达安耳边说，昨晚死在洗浴中心了。

啧啧，人生无常。史达安长叹一声，只见高高的烟囱上冒出一股烟。

那一天回到家，史达安吃饭可香了，晚上提着两瓶剑南春就去答谢刘回春。

还有统计局长常可，面部神经僵死，不会笑了，被查出有偏瘫迹象，有一次打电话竟然失手把手机丢在了地上。常可来找刘回春，刘回春正喝酒，一边喝一边说你平日心里最恨的人是谁，你就在家里摆上他的雕像，每天冲着雕像大骂。等你的病好了，得给我送锦旗。

常可回家做了一个县长的石膏像，冲着石膏像大喊，吴县长，你他娘的收了老子的银子，不给老子办事，你算啥玩意？

十天后，常可来给刘回春送锦旗。刘回春把锦旗扔到床下说，正好，咱俩喝几杯。

更绝的是文化局长王小川，平常巧舌如簧，退休了在家待着不会说话了。刘回春撬开王小川的嘴巴看了半天，对王小川家人说，买一只京巴狗，七天可愈。

第二天，王小川家人来找刘回春，说王小川在家和京巴狗接吻呢，这可咋办。刘回春说，这就对了，王局长的病因是在位时应酬多，如今退了休，身边没了女孩子的唾液滋润，舌头一时转不过弯，变木了。

有人说，刘回春专门给当官的治病，赶上纪委了，干脆就叫二纪委吧。刘回春听说了，嘿嘿笑，说你倒是提醒了我，帮我出了一个金点子。

　　刘回春决定建一所专科门诊。不久，他摘下了"回春诊所"的牌子，重新做了一块"局长综合症中医专科门诊"的牌子挂在门楣上，噼噼啪啪放了一阵鞭炮，就算开张了。

文学活动家

元城作协主席林志三在上班路上接到仝小丽的电话，说拉了一笔赞助，周末在江北花园举办一个采风活动，她已经联系了十多个重点作者，邀请林志三一定要参加。林志三说，你还真能折腾，为作协立了大功。

仝小丽说，开幕式上你准备一个重要讲话，我再联系几个作者。说完，匆匆挂了电话。

仝小丽在20年前就痴爱文学，写诗歌，也写小说，曾经拿了一沓子稿件来找林志三修改。那时候林志三还是业余作者，在乡下中学教书。林志三很喜欢仝小丽的相貌和热情，仝小丽在元城算得上数一数二的美女了，那皮肤，那身段，那脸蛋，让林志三暗恋了好几个春天，像一只癞蛤蟆望着白天鹅流口水。林志三不喜欢仝小丽的作品，句子不通顺，错别字满篇。林志三就想，要是仝小丽的作品像仝小丽一样漂亮就好了。仝小丽的作品总是不能发表，心里很着急。林志三讨好她说，我替你写吧，署你的名。仝小丽美丽的杏眼竖了起来说，伤我自尊啊？我宁肯不发。

有一次，元城的作者组织笔会，仝小丽听说了，给林志三打电话，要求参加。林志三说主办方没邀请你，你去干啥？仝小丽说，我去听听不行？林志三说，都是规定的名额，你这不是添乱吗？仝小丽很生气，说将来我有钱了，自己办笔会。

20年后，身体发福的仝小丽利用老公在市委做秘书长的关系，从总工会调到作协，说当不了作家也要为作家办几件实事。她利用自己的个人关系，联系到了几个景点，搞了几次笔会，在文学圈里名声大振了。

仝小丽在作协工作很清闲，就去看望作者，把元城爱好写作的人拜访了一遍。去年林志三写年终总结，还打电话给仝小丽，询问元城的作者和创作情况。仝小丽如数家珍地讲了半个小时。

遗憾的是仝小丽依然写不出好作品，当然也没有发表过作品。去年春节，仝小丽想想自己追随文学大半生，写了一篇记录自己工作经历的纪实散文，取名《人生四十年》。仝小丽两宿没睡觉，以自己的亲身经历，以第三人称来写，写得无限慷慨，用了最好的词语，两千字一气呵成。过了年，把稿子打印好，满怀热情地送给林志三，看看能否推荐给市报副刊。林志三看了，笑得眼睛出水，说你这是歌颂式的人生总结啊，文学作品要写细节，讲究美学判断。

只讲得仝小丽的热情结了冰，一把夺过稿子说，不能发就算了。

仝小丽把稿子锁到抽屉里，一声长叹。

这次笔会，邀请林志三参加还有一个想法，就是让林志三拉上市报副刊编辑老顾，顺便沟通一下，能不能把《人生四十年》发了。

林志三参加了笔会。在介绍与会人员的时候，林志三犯愁了。介绍仝小丽是作家？不合适啊，没有发表过作品咋能是作家呢。但是仝小丽是有功之臣，一定要突出她。林志三转念一想，说仝小丽是文学活动家。大家热烈鼓掌。

林志三偷眼看仝小丽，仝小丽喜上眉梢，一副满意的神态。

会议结束，在江北酒家聚餐。仝小丽正要去给市报的老顾敬酒，却感觉头晕，倒在地上，大家赶快打120急救电话。

仝小丽没有醒过来。

仝小丽的追悼会由林志三主持。写悼词的时候，林志三问起仝小丽的生平，仝小丽老公从抽屉里拿出来仝小丽的遗作《人生四十年》，说都在这里面。林志三看了，结尾加了一句文学活动家仝小丽同志永垂不朽。

参加追悼会的人好多，还有很多的作者。林志三念完悼词，大家默哀。林志三说，仝小丽，你的文章终于发表了。

我和编辑那点事儿

我在警官学校毕业了，回到农村老家，等待分配。闲着没事儿干，经常看《元城日报》副刊，就尝试着写稿子，然后在报头上找到一个叫葛德仁的编辑，把稿子寄给他。

投了一篇又一篇，泥牛入海。

我专门研究《元城日报》副刊，感觉好多文章很一般。尤其是吕杰的散文，写家长里短，有的句子不通顺，竟然隔三差五发一篇。还有一个叫秦发的作者，写的诗歌大白话，很搞笑。

我按照报纸上的电话，打给葛编辑。我说我是赵明宇，给你投过好多稿子。电话那头，葛编辑很热情地说，知道知道，久闻你的大名，您写的很好啊，欢迎继续投稿。

又投了十几篇稿子，还是杳无音信。我专门查看每个周末的《元城日报》副刊，常常看到吕杰和秦发的作品。

我很丧气，一点信心也没有了，也许自己就不是这块料。

后来，我被分配到交警支队办公室。闲暇，又写了一篇稿子，用交警支队的地址寄给葛编辑。第三天，葛编辑给我打电话，说我的稿子发表了。

一连发了几篇，我干脆把我以前写的文章又重新投给葛编辑，也都发表了。我的名字和秦发、吕杰的名字经常排在一起。

有一天，葛编辑给我打电话，说他的车在府城路口被交警扣分了，要我通融。我只得打电话让府城路口值班的哥们给点面子。后来，这样的事情经常发生，有时候是葛编辑同事的车被扣分，有时候是葛编辑同学的车被查，总是让我打电话说情。

周末，葛编辑又打电话，这次不是车被扣了，是让我参加一个活动，去野人谷采风。

野人谷是一个新开辟的景点。到了野人谷，吃吃喝喝，游山玩水。晚宴上，葛编辑带着两个人给我敬酒，向我介绍说，这个是吕杰，旅游局办公室主任，这次活动就是他组织的。这位是秦发，财政局办公室主任。

葛编辑喝高了，我和吕杰、秦发送他回房间。葛编辑拿出一沓子单据给秦发说，秦主任，你想办法给我报了。下期，你的散文，发头条。

回头又跟吕杰说，你们这个景区没有歌厅？吕杰说，葛编辑，今天，您受点委屈，明天去山下的月亮湾唱歌。

葛编辑一听，说现在就去。吕杰说，都喝酒了，不能开车。

葛编辑一抡胳膊，指着我说，谁不让开车？交警支队，咱赵老弟说了算！

从野人谷回来，我不想再给葛编辑投稿了。没想到他竟然来找我，一进门就说，赵作家，向你约个稿子，给你留着版面呢。

我说我最近很忙，顾不上写了。

他赖在我身边不走，终于说出了这次来找我的真正目的。他说，一个亲戚的车被扣了，还得你帮忙。

我皱皱眉头说，这是最后一次了，我不能总是替你说情啊。

他笑着说，好好好，晚上聚聚，这个面子不能不给吧？

我推辞说，不行，晚上还有事儿。

他一屁股坐在我身边说，我粘上你了。

推不掉，只得和他去附近的餐馆。葛编辑又喝多了，大着舌头，吐着酒气说，你啥时候有了稿子，我把别人的撤下来，换成你的，第一时间发。

我苦笑着跟他说了一连串的谢谢，敷衍着，总算是把他送走了。

晚上跟一哥们在一起，哥们带着一个朋友。朋友说，昨天他的车被交警扣了，找报社编辑葛德仁，葛德仁要了500块钱好处费，说是给交警送礼。

我大吃一惊，发誓再也不向葛编辑投稿了。

过几天，葛编辑给我打电话，我想肯定又是车被扣了，就不接电话。过一会儿，葛编辑出现在我的办公室。

　　葛编辑笑笑，我专门来向你约稿呢。

　　我说我真的不写了。

　　葛编辑说，以前写的也行啊，比如你上学时写的作文。我想给你开辟一个专栏。

春晚是个女孩子

徐大炮抓弄着乱草一样的头发说，我请你吃饭吧。我说有啥事儿直接说，别卖关子了。他嘿嘿笑，说在元城北大街开了一爿服装店，遇到了麻烦事儿，你不是跟元城公安局的副局长老秦是同学嘛，麻烦你找找他。

我说就这事儿啊，我打个电话，你去找他吧。

晚上，徐大炮又跟我打电话，嘿嘿笑着说，事儿办妥了，是否请老秦出来吃顿饭？我说，老秦绝对不出来，我倒是有时间。徐大炮说，那你来吧，我在元城酒家。

徐大炮带着一个女孩子。女孩子一见我，笑眯眯地说，赵叔，你好。我说，你是？徐大炮腆着大肚子嘿嘿笑，这个妮儿是我服装店的服务员，叫春晚。

徐大炮说，春晚，去催催菜。

春晚出去了，我说，徐大炮，你老牛吃嫩草啊？徐大炮摆摆手，赵哥，你瞎说啥呢？春晚是个女孩子，管我叫叔呢，我那样，岂不成禽兽了！

我拍了他一下说，你还不如禽兽呢。

正说着，春晚进来，我赶紧打住。徐大炮说，春晚这妮儿，可讨人喜欢了，我们服装店回头客多，你知道为啥不？

我说，为啥？

徐大炮神秘地说，秘密就在我们店里的镜子上。春晚这妮儿，书没白念，专门订做了一面特殊镜子，让镜子里的人显得苗条。胖子照一照，瘦了；尤其是矮子，像你这样的矮子，照一照，高了。嘿嘿嘿。

春晚拉他一下说，叔，说啥呢，赵叔是中等个。

我哈哈大笑说，没事儿，他说我是武大郎也无所谓。

徐大炮愣一下，嘿嘿笑，自打嘴巴说，怪我的多嘴，乱放炮。

后来，听说徐大炮又承包了北关的药店，春晚站柜台。徐大炮让我去指导工作，一进门就见春晚笑眯眯迎上来，抓过我手中的折扇说，赵叔，你的扇子真漂亮，值好多钱吧？其实我的扇子就是一般的扇子，春晚这么一说，像在我心尖上涂了一层蜜。

徐大炮跑过来，跟春晚说，老赵不是来买东西的，你这一招就别用了。

什么招儿？我还纳闷。

徐大炮说，春晚这妮儿，心眼贼多，来了客户就拉着人家套近乎。刚才来个胖女人，春晚迎上前，说人家穿的衣服好，问人家从哪里买的，她也去买一件给她姐姐穿。胖女人一高兴，买了我们好多减肥药。

我说，春晚就是招人疼。

徐大炮碰了我一下，趴在我耳边说，哥，瞧你色迷迷的目光，别打春晚的注意，春晚还是个女孩子。

我说，你身边的，我可不敢碰，你这个癞蛤蟆也别把花骨朵给糟践了。

徐大炮一脸正色说，哥，你说啥呢？我是那样的人吗？我就是那样的人，也不会打春晚的主意，春晚是个女孩子。

一天晚上睡得正香，徐大炮打我的电话。我说，深更半夜，你还让人睡觉不？

徐大炮哭丧着脸说，哥啊，我的亲哥哥，你帮我一把，快给公安局老秦打电话，我在新乐园洗浴城，洗澡洗出事儿来了。

我一听就知道咋回事儿了，带5000块钱去赎他。

徐大炮低着头，见了我，像是见了救星。

他身边蹲着的女孩子竟然是春晚。

出来的时候，徐大炮跟在我身后说，哥，今天这事儿，你替我保密。我倒是没事儿，春晚还是个女孩子。

请网友吃饭

人到中年，忙碌的心情终于闲散下来，我每天晚上上网聊天，平静的生活像是洒满了阳光。老公不喜欢上网，坐在客厅的沙发上看他的动物世界。

和我聊得最热的网友叫追风鸟，语言诙谐，常常跟我打情骂俏。我看过他的视频，是个很英俊、很浪漫的男人，也很会哄女人。我喜欢上了他的温柔，他的怜香惜玉，不像老公那样说话像开炮。

追风鸟跟我开玩笑说，我去元城找你吧。我说好啊，你来了我请你吃饭。说着，我发了一个拥抱的图片。他说好吧，我马上过去，我先把头钻进屏幕，脚一蹬鼠标就到你身边了。逗得我哈哈大笑。

老公在客厅说，笑什么？聊天有什么好笑的。

我说我乐意笑，谁像你整天板着一张驴脸，像是谁欠你钱似的，小心我跟人家私奔了。

老公说，就你还私奔？别人把你卖了，你还帮人家数钱呢。

玩笑归玩笑，有时候我和追风鸟也说一些暧昧的话。他说我想你了，在你身边多好啊。我故意逗他说，我刚离婚，你来吧，正孤单呢。他一听，很吃惊的口气说，是吗？咱们这个年龄可是婚姻危险期啊。

有一天中午下班，我急着往家走，手机响了，是追风鸟打来的。他说，我到你们元城了，在汽车站呢，来接我吧。我说，你就别逗我了，我还要做饭呢。他说真的，谁逗你了？不信你来看看。单位派我去省城，路过元城，我过来看看你。

我一听他不像骗我，就说那好吧，你等着，我马上过去。

挂了电话，我又跟老公打电话说，有个朋友来元城了，我去接他，你回家做饭吧。老公说，那就在外面吃吧，我去元城酒家订餐。

来到汽车站，果然看见风尘仆仆的追风鸟。我一眼就认出了他，男过四十一枝花，人长得比网上还帅气。追风鸟当众拥抱了我，我的脸一红说，注意影响，这可是在我的家门口，熟人多。他说没事儿，你就说我是你表哥。

打的来到元城酒家，我老公满面春风迎过来握手，我向追风鸟介绍说，这是我老公。

追风鸟愣一下，脸上堆笑说，哦，哦，你好你好。

在雅间坐定，我让老公去催菜，追风鸟环顾四周，压低声音说，你不是说你是单身吗？我嗤嗤笑，和你开玩笑呢，谁让你好色！

我老公进来了，追风鸟笑眯眯地站起身说，我先去一下卫生间。

菜上齐了，追风鸟还没有回来，老公去找，不见他的影子。我打他的手机，关机。老公说，看来这只追风鸟也不是什么好鸟。

望着一桌丰盛的菜，只好我们俩享用了。后来，追风鸟的头像一直黑黑的，再也没和我聊过天。又过了几天，我把他拉黑了。

做个女孩多好啊

我出生时，已经有了两个哥哥，盼女孩的母亲很是失望。母亲叹着气说，小三啊，你如果是个女孩该多好啊！

母亲拿我当女孩养，给我梳小辫子，穿花衣服，戴蝴蝶结。我长得细皮嫩肉，模样俊俏，声音细腻，很讨大家的喜欢。有一次父亲的一个朋友来我们家，抚弄着我的小手问我，妮儿，几岁了？真俊呐。

随着年龄的增长，才不得不还原了男儿身，我成了没人疼爱的破小子。家里有了好吃的东西，都是给妹妹留着，我流着口水，回忆做女孩子的时光。

上学了，老师经常让我们男孩子参加劳动。有一次下着雪，我们跟着老师去公社的煤场拉煤，女同学却在教室里嗑瓜子。我问老师，为什么不让女生也去拉煤？老师说，人家是女孩子嘛。

有一次同学聚会，一起去吃饭，结果是男士买单。望着那几个吃相很酷的女士，我说，便宜你们几个了。那几个女士鼻子一哼说，你们是大老爷们，怎么能让我们女孩子买单呢。

我写了稿子投给市里的《元城日报》副刊，总是不见发表。有一次邻居女孩小莉也跟我学写稿子，竟然发表了，而且投一篇发一篇，让我很是羡慕。我琢磨了好几天，用小莉的名字把我的一篇稿子投出去，很快就发表了。

后来，我给自己取了个笔名叫赵春桃，稿子很好发。有个叫葛德仁的编辑还隔三差五的向我约稿。葛德仁编辑跟我通过电话，好在我的声音像女人，尖尖的，清脆，逗得他嘎嘎笑。

我用我的笔名在网上聊天，好多网友找我聊，滴滴声不断。当然了，网友大多是男士。

春天，接到报社副刊编辑葛德仁的电话，要我去参加市里的文学笔会。

我喜滋滋地去市里，见到了编发我作品的葛德仁编辑。我自报家门说，葛老师，我就是给您投稿的赵春桃。葛德仁神色很惊讶，打量着我说，你就是赵春桃？

我笑着说，不像吗？

葛德仁感觉像是被骗了，很不高兴，一直到笔会结束，也不再理我。

小莉也去参加笔会了。小莉出落得千娇百媚，说话让人心尖子发颤，晕乎乎的，脚下无根，仿佛要酥了化了。葛编辑一直关照小莉。

有个叫铁血雄鹰的网友，在网上和我聊得火热，听说我在市里参加笔会，专门来宾馆找我。晚上，铁血雄鹰见了我，大跌眼镜，说不会搞错吧？

我说不会错的，你听我的声音，和聊天的时候不是一样一样的吗？

铁血雄鹰哼一声说，你小子是不是变态啊？

笔会结束，小莉要我做护花使者，一路同行。有个伴，路上不寂寞，我去车站买回来两张返程票。小莉拿到车票却不给我车票钱。我提醒她说，你不会让我为你出钱买车票吧？小莉说，不就是几十块钱嘛，就当你请我吃饭了。我说我凭什么请你吃饭？小莉微笑着，嗲声嗲气地说，人家是女孩子嘛。

后来，我的稿子投出去泥牛入海。打电话，葛德仁编辑也不接。打开 QQ，铁血雄鹰再也不和我聊天了。

吃饭的时候，母亲莫名其妙地说，男人是猫，女人是鱼。

我听得愣了会儿神，打量着母亲，感觉母亲像个哲人。

 # 野人谷

　　一听野人谷的名字有点恐怖，其实野人谷里没野人。那些蹦蹦跳跳、貌似野人的人，其实都是市里来的游客。

　　你到野人谷来，才能感受到野人谷的激情和诱惑。

　　野人谷，是市委办公厅副主任严小楼策划的一个景点。这个景点从开辟到现在，一直很火爆。尤其是到了夏季的周末，很多高级轿车从市区出来，直奔野人谷。

　　野人谷地处太行深山区，树大沟深，溪流淙淙，险峻的山崖上挂满了青藤和五颜六色的小花。山腰有一片茂密的丛林，还有几户人家。鸡鸣犬吠，石头堆砌的小房子，像是走进一个童话世界。去年秋天，严小楼到这里扶贫，发现了这个地方，一下子惊呆了，眼前就是世外桃源啊。他的脑海里马上有了一个创意，和市里的一个旅游公司合作，模拟原始部落的生活起居，建起一个个稻草、树枝搭建的小房子，开辟了野人谷风景区。

　　野人谷没有电，没有现代化设施，吃住完全模拟原始人类。景区放养了大批的兔子、山羊和家禽，供游人狩猎。游人进了景区，赤身裸体，穿上兽皮，提着木棒，在森林里面追逐野兔和山羊。晚上，伴着满天星月和唧唧虫鸣，燃起篝火吃烧烤。

　　大家工作劳累，难得有一次放松的机会，而且是过原始人的日子，很有诱惑力。后来逐渐发展到游人在自己白皙的皮肤上涂满泥巴和油彩，把自己装扮得面目全非，面对面认不出是张三李四。并且不分男女，呼啸着在一起嬉戏。

　　严小楼带着一个女孩来过几次，玩得很开心。大家平日里工作紧张，

难得回归大自然放松一回，严小楼如醉如痴。有一次，他牵着女孩柔柔的小手采摘野花，前面一个胖胖的身材追逐一只野兔时，被一根藤绊住，跌倒了，胖子大叫一声。这声音好熟悉啊！严小楼的手颤抖一下，放开了女孩。尽管身上涂满了油彩，他还是认出了胖子就是他的顶头上司，办公厅主任丁大年。丁大年的脸被乌黑的油漆涂染得看不清鼻子和眼睛，如果不是听声音，严小楼怎么也不会辨认出胖子就是丁大年。他暗暗跟踪，偷偷观察，惊讶地发现丁主任带着一个乳房涂着红色油彩的女人，在后面的山洞里大喊大叫，模拟古代人的野合。

这个惊人的发现，让他心跳加速。他跟景区的吴经理沟通，架设了电子眼，一旦发现领导车辆就向他报告。

一连抓拍了几张丁大年的照片。严小楼把这些照片匿名发给市领导，贴到网上，弄得满城风雨。丁大年被撤职，严小楼做了主任。

这件事儿做得密不透风，严小楼兴奋不已。

再去野人谷，他格外小心，借了别人的车。

市里决定增补一个副市长，城建局长老乔和严小楼竞争这把交椅。周末，严小楼去野人谷，让司机找了一辆车，挂上老乔的车牌照。

吴经理在野人谷门口迎接严小楼，严小楼隔着车玻璃，正跟吴经理招手，一辆车从身边缓缓开过去。严小楼用眼角的余光扫了一下，大吃一惊，出了一头冷汗。那辆轿车的屁股上挂的竟然是严小楼的车牌照。

副市长人选出来了，野人谷的吴经理变成了吴市长。

新上任的吴市长主管旅游业。在一次会议上，他说野人谷涉黄，有伤风化。

野人谷很快就被取缔了。

笑 杀

叶枯草黄的初冬，一派肃杀景象，我在通向元城的大道上疾走如飞。

说白了，我这一次去元城是复仇，要杀掉一个叫牛二的屠夫。

天空中飞过嘎嘎雁阵，我不由得抬头望一眼怒卷的乌云，然后抽出腰间利刃。寒光闪过，我仿佛又看到三年前的那一幕。

三年前我还没有进入武林，还是一个自尊心很强的瘦三。三年前的我驾着驴车去东山拉炭，走在车水马龙的元城大街上，驴车吱呀呀唱小曲儿，驴打着响鼻伴奏。萝卜咸菜吃多了，我的嗓子不争气，猛一咳嗽把一口痰吐出来了。那一口黏黏的痰没有落在地上，而是落在一个扫帚眉三角眼的人身上。这人上来就是一通老拳，把一天只吃一顿饭，饿得正心慌的我打得眼前星光灿烂。有人劝他说，算了吧牛二，人家出门在外也不容易。我像一根豆芽菜一样晃了几下，定睛一看，眼前这叫牛二的小子正咬牙切齿地望着我，恨不得要把我吃掉。这牛二，下嘴唇托着上嘴唇，嘴巴是地包天，气急败坏地冲我说，老子新买的鞋，今儿去相亲，你说多晦气。

我弯下腰满脸堆笑地用自己的衣袖子去擦，牛二又揍我一拳说，去，你小子还嫌老子的衣服不脏啊？我眼巴巴地望着他说，那咋办？不行你就吐我一脸吧。牛二轻蔑地冷笑说，我才不吐你呢，你伸出舌头给老子舔干净了。

这时候，很多人围上来看热闹。大家齐声喊，舔啊，舔啊。哈哈哈哈哈。

我哭了，跪在牛二面前说，我给您擦干净还不行吗？

不行！牛二的眼珠子睁得像狗蛋。牛二说少啰唆，老子是杀猪的，还不相信收拾不了你！

众目睽睽之下，我像饮了半碗砒霜。我只得俯下身子，像狗一样伸出舌头把那带着我体温的浓痰舔得精光。

这一幕，整整在我的脑子里回放了三年。此时，我感觉胸中一团火在燃烧。

我攥紧了腰间利剑。

正午时分来到了城北门，两侧商幌飘飘，人群熙来攘往。我一阵口渴，不妨先喝口茶，然后再去杀屠夫牛二。

茶馆主人是个老妪。老妪端上来一壶茶，笑眯眯地说，客官从哪里来，怎么一脸的杀气？

我不禁一怔，心想她怎么看出我一脸杀气？

老妪面慈，笑眯眯的样子很像疼爱我的外婆。过一会儿，元城就要血溅高楼，尸滚大街，我哪里还顾得上多想。若不是这老妪笑眯眯的让我觉着温暖，我恨不得先杀了她祭刀。

一阵风吹来，扬尘迷了我的眼睛，我把眼睛揉得通红。

老妪说客官别动，趔身回到屋里拿来一团棉花，然后从脑后的发髻上取下一根银簪。我警觉地说，你想干什么？老妪依然笑眯眯地说，你迷了眼，我给你把沙尘取出来。老妪小心翼翼地用银簪把我的上眼皮翻开了，凉丝丝的，这又一次让我想到外婆。以前迷眼了，外婆也是这样给我翻开上眼皮，然后用棉花把沙尘擦去。

老妪用棉花轻轻一拭，说，客官，你试试，感觉咋样？

我眨巴几下眼睛，沙尘没了。我感激地冲老妪一笑。

三年来，我还是第一次笑。

老妪说，你笑的样子真好看。

是吗？我又笑了一下说，你为什么一直对我微笑？

老妪又说，客官是个好人，只是眉宇间有一股杀气，你这一笑，杀气消了。这微笑就像果子，你种得多，收获得就多。你想得到微笑，首先就要先种植微笑。

我端起茶一饮而尽，站起来冲老妪抱拳，下意识地用手去攥腰间的宝剑，准备转身告辞。谁知我的手摸空了，我不禁大惊失色。宝剑呢？一个武林高手怎么能把宝剑丢了？

老妪微微一笑，手指远处的一棵杨树说，客官你看。

我顺着老妪的手指望去，只见远处的杨树梢上插着一把宝剑。

我大骇，跪在老妪面前。

目 光

　　我像一个皮球，伴着继母的骂声被踢出了家门。

　　走在元城大街上，仰头看一下刺眼的阳光，我觉着眼前的一切熟悉又陌生，甚至可恶。我忽然想起了阿强，此时此刻，如果阿强在我身边就好了。

　　我决定先凑够1000块钱，然后离开元城，永远离开这个家。怀念阿强，我抽完一根烟，上了33路公交车。以前，33路车是阿强的地盘，阿强就是在33路车上出事的。

　　走了几站，上来一个拄拐杖的老人，脸上像是贴了一层枣树皮。车里没有座位了，也没人给他让座。随着车的摇摆，我用眼角的余光看到老人一个趔趄，就伸手去搀扶，然后把我的座位让给他。我说，老人家，您坐我这里吧。老人笑得像一朵干枯的菊花，不停地点头，跟我说了一连串的谢谢。

　　老人坐下来，嘴却不闲着，问我到哪里下车。其实，我也不知道要去哪里，我就胡乱告诉他到陈庄。他的眼睛一亮，说小伙子你还得帮我一个忙。我说我能帮你什么？老人说，陈庄有个陈老头，在村口摆了一个烟酒摊，麻烦您把这个东西捎给陈老头。说着就从口袋里掏出来一个纸包递给我。

　　我一时不知道该怎么回答眼前的老人。我说你这个纸包里不会是别的东西吧？

　　我的话不是没道理。有朋友在火车上给陌生人捎东西，被查出来是毒品，有嘴也说不清。

　　老人好像看出了我的心思，说你打开看看。我打开，竟是一沓子钱。

老人说，这是我欠陈老头的 2000 块钱，麻烦您带给他，老朽先谢谢你了。

不好再推脱，我极不情愿地接过来那包钱说，素不相识，你就不怕我把你的钱带走啊，骗了你咋办？

老人笑笑说，小伙子，你不会骗我的。

我说你不认识我，咋知道我不会骗你？

我信任你。老人说，从你的目光里能看出来，你是个好人。

我心里一热，好像自己一下子光芒万丈了。长这么大，还是第一次有人说我是信得过的好人，第一次有人给我这样的奖励。

老人站起来，笑眯眯地拍拍我的肩膀说，小伙子，我该下车了，拜托你了。

到陈庄村口一打听我就找到了陈老头的烟酒摊。我把那包钱送给陈老头时，陈老头说，是张老头给你的吧？我说我不知道是张老头还是李老头，他让我把这包东西交给你。说完，我转身欲走。陈老头喊我，年轻人等一下，你偷张老头的钱了吧？

我脑海里一声巨响，犹如惊雷。

陈老头像讲故事一样说，张老头的儿子死了，儿媳妇跟人走了，他带着孙子阿强过日子。几个月前，阿强在 33 路公交车上掏包被便衣警察发现，慌乱中又捅人一刀，被判了六年。

我心里咯噔一下，不由得用手去摸口袋里的 50 元钱。我疑惑地问，那他为啥让我转交给你这包钱呢？

陈老头说，张老头每天都在 33 路车上。你偷他钱的时候，他就已经知道是你了。实话告诉你吧年轻人，我和张老头都是干这一行的，论辈分是你的祖师爷。我俩从监狱出来就发誓洗手不干了，一起摆了这个烟酒摊。

我从口袋里掏出来那 50 元钱，却变成了一张纸，上面画着张老头，正在冲我笑。

青青园中葵

年后，春风一吹，草芽儿争相拱破土层，田野上很快就绿了。满头银丝的老校长像个不安分的娃，左一下，右一下，在校园里撞来撞去。

这是一所乡村中学。老校长刚来这里的时候，还是年轻的小伙子，几十年的光阴把他的满头乌发染白了。学生走了一茬又一茬，泥土垒起来的教室变成了高高大大的教学楼。

老校长已经办了退休手续，今天是最后一天上班。他站在一个教室的窗前，隔着玻璃向里面观望，教室里鸦雀无声，四十八个小脑袋像一颗颗顶着朝露的向日葵。老校长心头似有清泉倏然流过，眼睛眯成了月牙儿。

儿子也是从这所学校走出去的，如今是县里的教育局长。儿子要老校长退休后到县城住。老校长说住不惯你们的楼房，儿子就给老校长买了一座四合院。

老校长望着校园，不由得摘下眼镜来擦拭泛潮的双目。有一伙人来送他，是学校的全体教师。一个女教师说，老校长，我们都期待着您常回家来看看。老校长有些哽咽了，像孩子一样使劲儿点点头。他记得这个女教师曾经是他的学生，如今要接替他的位置了。

来到城里，老校长对儿子给他安排的小院很满意。如果老伴儿还在该有多好。老伴儿也是教师，脑溢血，倒在讲台上，再也没起来。

忙碌习惯了，如今陡然闲下来，老校长感到有些无所适从了。沏一壶茶，看书，或到院里走一走，晒晒太阳，百无聊赖的时候到街上游荡。街上有一所学校，老校长隔着大门看到欢跳的孩子，脸上的皱纹就会荡漾开来。

夜里睡不好，总是梦到学校。有一天夜里竟然听到上课的铃声，他醒了，好像年轻了好几岁，披衣下床，推开门才知道是在做梦。老校长再也不困了，在院里散步到天亮。院里空空的，他忽然有了一个想法。

他把院里的地砖揭开了，开垦出一片田地来。儿子说，爸，你疯了？他说，我才不疯呢，我要种向日葵。儿子依他，说，这倒不错，只要你高兴，爱咋样就咋样。

种向日葵，老校长有经验。在学校时，他办公室门前种了一行向日葵，像一个个可爱的孩子摇晃着脑袋，又像一队列阵的士兵行注目礼。

阳光一副慷慨的样子，在院子里游来荡去。老校长忙活一阵子，出了一身细密的汗，干脆把棉衣脱去了，满头银丝在阳光下闪闪烁烁。老校长先把土平整好，到街上的种子门市买回向日葵种子，埋进土里。然后从水管接了水，用洗脸盆端过来，小心翼翼地让向日葵种子和泥土喝水。老校长数过了，一共是四十八棵，正好和一个班级的学生一样多。

夜里，老校长梦到向日葵破土了，绿色的芽儿顶着露珠，转眼工夫长高了，圆圆的花盘像孩子的笑脸，黄色的花瓣儿异常耀眼。老校长睡不着了，悄悄起来，拿着手电筒去院里看白天种下的向日葵。

还是和白天一个样子。老校长觉着自己被自己耍了一回，低了头嘿嘿笑。

过几天，向日葵真的发芽了，露出了绿色的小脑袋。老校长买来一把花锄给向日葵松土。

向日葵一天天长高了，绿色的叶片煞是喜人，老校长的心也绿了起来，一片葱茏。老校长给向日葵浇水，又像回到了学校。他为这个四合院取名叫葵园。

老校长还为每一棵向日葵都编了号，像上课点名一样，天天数一遍。有一次发现一棵向日葵生虫子了，他戴上老花镜，给四十八棵向日葵从头到脚来了个全面体检。老校长盼着秋天早点儿到来，他要把葵花籽分装到一个个小袋子里，送给学校的每个老师和每个班级，让每个孩子都能吃到他种出来的葵花籽。

这天夜里，老校长又一次笑醒了。

 # 我和老师有约

我常常逃学，语文和数学成绩都不及格，被父亲按在凳子上，父亲抡起巴掌，像雨点一样落在我的屁股上。就在我经受痛苦煎熬的时候，武老师来我家，拦住了父亲。

父亲气愤地说，这孩子也太调皮了，就知道玩。武老师说，调皮的孩子都是聪明的孩子，傻孩子是不知道调皮的。调皮孩子就像一匹烈马，只要降伏了，是宝马啊。父亲听得一怔，挠着后脑勺笑了，嘿嘿，武老师说得在理。

武老师带我去她家，给我讲故事，一个个神奇的人物在我眼前飞翔。武老师问我，粒粒，你喜欢吃饺子吗？我说我们家好多天没吃饺子了。武老师说，中午咱们包饺子。

我的眼睛一酸，想喊她一声妈妈。

吃完饺子，武老师说，粒粒，你画的画儿挺好啊，等你当上了画家，送给我一幅画好吗？我说我喜欢画画，可是我能当画家吗？我爸说再也不让我瞎画了。武老师说，你现在还不行，20 年以后，一定能成为画家。我睁大了眼睛看着她。她说，不信？咱们拉钩，20 年以后，我等你给我画一幅大大的肖像，挂在屋子里。

武老师伸出手指，和我羞怯怯的小手勾了一下。

武老师又说，你要先学好语文和数学，这些都是基础，就像盖房子，打不好地基，房子就会坍塌的。再说你以后当了画家，请你讲话，有的字你还不认识，会闹笑话的，是不是？

我使劲儿点点头。

武老师说，只要你努力，会把成绩提高上去的，你能做到吗？

我不知道该咋做，甚至不敢去看她的眼睛。

我低着头说一翻开书本就像看到一堆虫子在我脑子里爬，头疼死了。

武老师笑了，你讨厌这些虫子，这些虫子可是喜欢你，不信我教你，你要是认真听，每天完成作业，虫子可听话了。就你这么聪明，几天就能赶上去的。不信？咱们拉钩！

我伸出小手，又一次和武老师温热的手指勾在一起。

后来，我的语文成绩上去了，数学成绩也上去了。武老师在讲台上表扬我说，粒粒长大了是要当画家的。还宣布让我负责黑板报的美术设计，正好发挥了我的特长。

考上中学的那一天，武老师说，记住，当了画家一定要先为我画一幅肖像。我说，我会做到的，咱们是拉过钩的。

多年后，我带上画夹去给武老师画像。武老师已经退休了，披着朝霞在院里浇花。

武老师！望着满头银丝的老人，我的声音有些哽咽了。她缓缓回过头来，一脸慈祥地打量我一番说，你是粒粒吧？

我说是啊，我来兑现我的承诺的。

承诺？武老师愣了。我说我答应过你，和你拉过钩，要为你画像啊。

武老师哈哈大笑说，你来得巧，今天正好是我的生日，中午大家聚一聚。

在武老师的生日午宴上，见到了好多我当年的同学。有的说，武老师说我能当医生，和我拉过钩；有的说，武老师说我能当作家，也和我拉过钩。

大家叽叽喳喳，像鸟儿一样，回忆着青葱岁月。望着笑得一脸灿烂的武老师，我掏出画笔，打开了画夹。

把钥匙交给小蒙

　　时光像水一样漫过来，在人生的河道中奔涌。很多事情沉没了，但总会有几个难忘的细节，像山一样矗立。

　　小学五年级的时候，我的临桌周大明有一支红蓝铅笔，画小鸟、画大象，可漂亮了，我们都羡慕他。李小丽从家里偷出来一个苹果掰一半给周大明，周大明才答应让李小丽用他的红蓝铅笔画了一只蜻蜓，把李小丽美得像只凯旋的小公鸡，走路都扭屁股。

　　我想有一只红蓝铅笔，向妈妈要钱买，妈妈说等卖了鸡蛋才会有钱。我就整天盼着收鸡蛋的小贩。

　　红蓝铅笔每天晚上都在我的梦里出现。

　　那天早上第一节自习课，周大明像是忽然被毒蛇咬了一口，大声哭起来，原来他的红蓝铅笔不见了。同学们帮他找，书包里的东西全都抖落出来了，还是不见红蓝铅笔。这时候，大家火辣辣的目光盯着我，因为昨天是我值日，走得最晚。周大明像捞到了一根救命稻草，哭丧着脸问我，小蒙，你见我的红蓝铅笔了吗？

　　我一下子脸红了。我嗫嚅着说，我没见你的红蓝铅笔。李小丽说你没见周大明的红蓝铅笔，你怎么脸红了？一定是你偷了。

　　我没偷！我急得想哭，想找个地缝钻进去。

　　周大明哭着去找李老师。李老师把我叫到她的办公室，问我，你真的没见到周大明的红蓝铅笔吗？我低着头，说没有。李老师说拾到东西要交公，没拾到就算了，上课去吧。

　　走进教室，同学们都在小声嘀咕什么，用异样的目光看我。周大明不理我，李小丽也不和我玩了。我郁郁寡欢，上课没心思。有一次李老师提问，喊了我好几次，我还低着头不知道喊谁。

我开始逃课了。有一次到河边的小树林里掏鸟窝，被李老师抓住了，她把我摁到教室里。李老师走上讲台，拿着一支红蓝铅笔说，同学们，周大明同学的红蓝铅笔丢在我的办公室了，现在我交给周大明同学。

大家鼓起掌来。

李老师又宣布了一件事，说从今天开始，把钥匙交给小蒙。

我似乎不敢相信自己的耳朵。在我们学校，教室的钥匙就像权杖一样，只能交给全班最信任的人。谁拿着教室的钥匙可是至高无上的荣誉，每天要第一个到学校来开门。一般来说，除了班长和班主任，谁也没有拿钥匙的资格。

直到班长很不情愿地把钥匙交给我的时候，我才相信这是真的。

下课了，李老师笑眯眯的跟我说，小蒙，祝贺你。大家信任你，也希望你以后第一个到学校，尽到一份责任。

嗯嗯。我使劲儿点着头。

后来，我再也没有逃课掏鸟窝，总是第一个来到学校，打开教室，开始学习。李小丽开始和我套近乎，周大明也和我一起踢毽子。

考上重点初中的那一天，我走进李老师办公室，拿出一支红蓝铅笔说，老师，我捡到的铅笔，交给您。

李老师愣了一下说，送给你吧，你每天第一个到校，这是对你的奖励。

我喊了一声李老师，泪水就不听话地涌出来了。

凤子姑

听娘说有一次凤子姑抱着我，我撒了凤子姑一身童子尿。在我们这里，小孩子尿了谁一身，那是谁的福分，晚年注定要得到这个小孩子的照顾。

小时候，我就成了凤子姑的尾巴，整天跟在凤子姑身后。

有一天下午，公社的放映员驮着放映机来我们村打麦场上放电影，我们一群小孩子高兴得像一群麻雀，不等天黑就叽叽喳喳回家搬板凳占一个好地方。我当然要把这件事情告诉凤子姑了，我还要坐在凤子姑的腿弯上看电影呢，看累了就拱在凤子姑的怀里睡。我喜欢凤子姑身上的香胰子味儿。

凤子姑，凤子姑，今晚有电影。我推开凤子姑家的大门，却只见凤子姑的爹，老黑爷坐在院里抽旱烟。凤子姑在厢房里，眼睛红红的，潮潮的，我怔住了。

凤子姑揉揉眼睛，拉着我的手说，小星，快去吃饭吧，给姑占个好地方。

嗯。我有些狐疑地望了凤子姑一眼，小猴子一样跑回家。

我跟娘说，我见凤子姑哭了。娘说小孩子不要瞎说，吃你的饭吧，过几天是你凤子姑的喜日子，娘带你去吃席。

天一黑，打麦场上人头攒动。电影还没有开始，凤子姑坐在我搬来的板凳上，一只胳膊揽着我。我说，凤子姑，我不吃席，我也不要你离开我。凤子姑笑了，说傻孩子，姑咋能舍得离开你呢。我说你不许骗我，凤子姑说，小星听话，明天姑给你逮蚂蚱回来烧着吃。

我一听就高兴了。我喜欢蚂蚱，特别是拿回家放到娘做完饭的灶膛里焖一焖，焦黄色的蚂蚱透着一股香气。我说凤子姑你说话算话？凤子姑把嘴巴压在我的耳边说，姑啥时候骗过你啊？不过今晚你得替我办一件事情，把这个东西给四柱子。

凤子姑把一张纸条塞到我手里，悄悄说，不许告诉任何人，不然的话明天就不给你逮蚂蚱了。

我吸吸鼻子说香胰子味儿真好，然后点点头就去找四柱子。

我在人群里钻来钻去，一只大手伸过来摁住我的头，我一看是老黑爷。我说老黑爷你见四柱子了吗？老黑爷说你找四柱子做啥，小心跑丢了让狗叼去。我又问老黑爷，凤子姑还要我吗？老黑爷说，你凤子姑才不要你呢，你是小屁孩。我一听就哭了，把纸条丢在地上，用脚踩。我说那我才不为她送纸条呢。老黑爷说，小星别哭，爷爷明天给你逮蚂蚱玩，逮个大青头，再逮一个大蹦豆。

老黑爷把我俘虏了。我没有回到凤子姑身边，凤子姑出嫁时我也没有去吃席。不知是什么原因，我不敢见凤子姑，只顾在家哭鼻子。老黑爷连一只蚂蚱也没有给我。

后来听娘说凤子姑被男人打了，住在娘家不敢走。我果然看到凤子姑了，凤子姑坐在老黑爷的大青石上，抱着一个娃子喂奶。凤子姑的大辫子不见了，留着齐耳的短发，脸黑黑的，远远地喊我说，小星小星，又长高了。

说不出是感到胆怯还是陌生，我看了凤子姑一眼，扭头就跑。

一晃三十多年过去了，我已是一家公司的老总。闲暇，忽然想起凤子姑来。

一路颠簸找到凤子姑的家，锁着门，邻居说她去放羊了。

终于在村外见到了凤子姑。一个白发老太婆牵着两只羊，身后跟着一个流鼻涕的傻儿子，袖着手。

凤子姑！我喊一声，眼睛开始发酸。凤子姑打量我一下，满是沟壑的脸舒展开了，说你是小星啊。

凤子姑，你还能认出我？

凤子姑拉扯着拴羊的绳子说，你这孩子，扒了皮，姑也认识你。走，回家，给俺侄子做饭去。

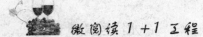

我说凤子姑，你跟我进城吧，我养你。我的童子尿可是撒到了你身上，你就该我来养。

凤子姑说，小星出息了，姑高兴。姑在家好好的，哪儿也不去。

我拿出一沓子钱给凤子姑，凤子姑推搡着，说啥也不要。凤子姑说，不愁钱，卖一只羊就够我们娘俩过年了。

我把一沓子钱悄悄地塞进凤子姑的枕头下。

我吃了凤子姑做的饭。临走，凤子姑说，姑也没有啥好东西送你，这是自家树上结的枣，姑的一点心意，你要是心里有我这个姑，说啥也得拿去。

回家打开那包枣，妻子愣住了，那一沓子钱正躺在红红的大枣中间。

傻二叔

奶奶死后，我的傻二叔就没人养活了。可是也不能眼睁睁地看着他饿死啊，我父亲抱着傻二叔的破被子，牵了傻二叔的手到我们家来，说以后吃饭时多放一个饭碗吧。

每到吃饭时，我娘就从墙角捡过一个脏兮兮的小木碗，拨出一些剩菜，上面放一块馍，阴着脸说，吃货，养你还不如养一头猪。

傻二叔显然是没有吃饱，伸出舌头把小木碗舔得干干净净的，眼珠子还不停地向我们的碗里看。我娘白了他一眼，就把锅扣上了，说傻子，吃饱饭一边玩去。

我最喜欢我的傻二叔。他是我的坐骑，我每天都是骑在他的脖子上上学去。我常常手里拿着一根柳条子，威风凛凛地指挥他，故意让他快一点或慢一点。同学们都羡慕我，王小良用一块橡皮送给我，说想骑一骑我二叔，可是，我二叔说啥也不答应。我眼珠子一转说，二叔你闭眼睛。然后就向王小良努努嘴，让他悄悄趴到二叔脖子上。二叔站起来感觉驮的不是我，一气之下像摔死狗一样把王小良摔在地上。王小良的娘一只手拉着满头是血的王小良，一边骂骂咧咧地找到我们家来，我爹赔了王小良家十个鸡蛋，气得我娘三天没让二叔吃饭。二叔也害怕了，像个受惊的刺猬一样，头钻进猪圈里，屁股露在外面。

我们家做好吃的，炸糖果子，我娘就对二叔说，傻子，你到外面捡柴火去。等二叔满头大汗地抱着柴火回来，我们早已经把糖果子吃完了。我偷偷给二叔留了一个，我娘看见了骂我说，让傻子吃，你就别吃了！

冬天下雪了，我走出校门，二叔已经蹲在门外等我了，穿着露棉絮的破袄，冻得鼻涕都下来了。见我出来，二叔乐颠颠地俯下身子，让我骑到他的脖子上往家走。二叔走路一晃一晃的，我不让他晃，他不听。街上的人说，傻子，瞧你的脚都冻成疮了，让你嫂嫂给你做一双新鞋穿吧。二叔嘿嘿笑。

二叔饭量大得惊人，总是吃不饱。有一次我家蒸了一锅馒头，留着招待亲戚。亲戚来了，馒头不见了，气得我娘把二叔打得像杀猪一样哀号。

王小良不知从哪里弄来两个核桃故意气我，我回家让娘也给我买核桃。娘舍不得买，我就不停地哭鼻子。一会儿，二叔气喘吁吁地从外面回来了，手里攥着两核桃给我，我高兴得要跳起来了，我笑，二叔也笑。我娘说，傻子，你会变戏法儿？别是偷人家的吧。

话音未落，王小良的娘拉着哭泣的王小良又来我家了，一进门就怒气冲冲地说傻子抢走了他的核桃。王小良的娘说管管你们家的傻子吧，再欺负我们家小良跟你们没完。

这时，王小良的爹刚刚被选为村长。我娘赔着笑脸送走王小良的娘，就急着要打二叔。第二天我娘说，傻子，给你说个媳妇吧。二叔嘻嘻笑。我娘说快吃饭吧，多吃点儿，吃饱了领你去相亲。

那一顿，我娘让二叔可着劲儿吃，二叔吃得直打嗝。

下午放学时下雨了，我出了学校的门却看不见傻二叔，不高兴地回到家问我娘，二叔呢？我娘说，二叔走亲戚去了，过几天才能回来。

几天过去了，我都有些想二叔了。

王小良的爹带着警察到我家来，说我二叔被汽车撞死在县城了。听别人说二叔在一个水果摊上抢了俩核桃转身就跑，正好一辆汽车开过来，被撞死了。

二叔的尸体被我父亲拉回家时，手里还攥着俩核桃，掰都掰不开。我哭了，我娘也哭了，我娘第一次哭得这么伤心。

 # 画爸爸

欢欢喜欢上美术课，画青蛙、画蜻蜓，画天上白白的云，画元城大街上一行行的树。欢欢画的画儿常常受到老师的夸奖，还上过六一儿童节那天的报纸和杂志。

欢欢长大后的理想就是做一名画家。

开家长会，欢欢的妈妈来学校，班主任不但表扬了欢欢，还奖给欢欢一支彩笔。妈妈笑得合不拢嘴，欢欢不笑。每次开家长会，同学们都是让爸爸来，可欢欢还不知道爸爸长什么样儿。

欢欢的家在很远的地方，妈妈带着他来元城读书。欢欢问过妈妈，我爸爸呢？妈妈告诉他，爸爸到一个很远的地方去打工了，家里需要很多的钱，没有钱就不能买煤烧，就不能穿衣服，就不能吃巧克力。

同学们的爸爸也打工，可他们时不时地就回家来看看。欢欢今年九岁，爸爸出去七年了。妈妈说，爸爸很爱欢欢，舍不得回来，多挣钱，以后让欢欢上大学呢。

上学路过街口，有个疯子抢着棍子打人，同学们都是爸爸或者妈妈送，唯有欢欢独自一个人。欢欢的妈妈开了一个缝纫门市，每天忙得夜里很晚才睡觉。欢欢就绕很远的路，绕过那个街口。欢欢一边走，一边想爸爸。

欢欢用老师奖给的彩笔画一个警察，说画的是爸爸。同学们都羡慕得不行，你爸爸真的是警察？欢欢脸红了，撅着小嘴巴说，我爸爸就是警察。欢欢第一次说谎了。

欢欢又画一个太阳，给太阳画了眼睛，涂上眉毛，描上胡子，说这个也是爸爸。老师先是一愣，后来笑了，拍拍欢欢的小脑袋，把画挂在

黑板上，表扬了他。

欢欢画大花猫，画喜羊羊，都涂上胡子、描上眉毛，画了一张又一张，全是爸爸。这些画儿获了奖，还有小记者来采访他。妈妈把这些画儿装在镜框里，挂在墙上。墙上的爸爸冲着欢欢笑。

快过年了，妈妈夜里加班，要赶制一批新衣服。妈妈夺过欢欢的画笔说，明天再画好吗？天晚了，早点睡吧，我的孩子。半夜里，欢欢被一阵打闹声惊醒，是墙上镜框的碎裂声。欢欢从被窝里爬出来，看到一个酒鬼在欺负妈妈，和妈妈打在一起。

欢欢扑过去，咬了醉鬼一口，一双小拳头在醉鬼身上不停地抽打。

醉鬼走了，娘儿俩收拾被摔碎的镜框。欢欢说，要是爸爸在，就没人敢欺负你了。妈妈抱着欢欢，泪珠子跌落在欢欢的眼睛上。

欢欢把自己的画儿整理成厚厚的一摞，推到妈妈面前说，把这些寄给爸爸，让爸爸好好改造，会减刑的。

妈妈怔了一下，疯了似的摇晃着欢欢的肩膀说，欢欢，是不是有人告诉你什么了？快说，我的好孩子。

欢欢摇摇头。妈妈，你常常睡觉说梦话，让爸爸好好改造。你还告诉爸爸，说我们的欢欢很听话，欢欢的画儿获奖了。

妈妈睁大了眼睛。

欢欢说，酒鬼欺负你，酒鬼的话我也听见了，你是为了不让我知道爸爸的事儿，才带我来到元城读书的。我还知道爸爸在很远的老龙沟农场。

妈妈抱着欢欢说，天啊，不是的，不是的，孩子，不要相信我的梦话，也不要相信酒鬼的话，那是假的。

欢欢给妈妈擦眼泪。欢欢说，妈妈，我长大了当画家，画很多的画儿，挣钱养着你，养着爸爸。

偷　窥

上初中二年级那一年，杨老师担任我们的班主任。

杨老师刚从师范学校毕业就分到了我们学校，梳着马尾辫，是个很阳光的大女孩。她的皮肤白白的，鸭蛋脸，说话的声音脆得像熟透的鸭梨。杨老师微笑着，身上总是有一股好闻的香胰子味儿。我听到好几个老师在背后议论她说，真是想不透，这么漂亮的女孩儿应该留在城里，咋来到我们这个乡下的破学校呢。

我们学校是一所普通的乡下中学，离城 80 华里，一面是公路，三面是玉米田，被茂密的青纱帐簇拥着，连围墙也没有。由于偏僻，师生全住在学校里。

那一年夏天热得要命。午休的时候，校园里很安静，只有蝉在枝头聒噪。我心烦，悄悄溜出教室，想一个人到玉米田里捉蚂蚱玩。经过学校角落一个小房子的时候，我忽然听到哗哗的流水声。借着玉米田的掩护，好奇的我蹑手蹑脚来到小房子的窗边，用小刀在堵着窗户的纸箱上挖开一个花生米一样大小的洞。我的目光穿过小洞，心脏差点儿从嗓子眼里跳出来，一个雪白的胴体刺入了我的眼睛。

是杨老师！等我回过神，嗓子眼一阵焦渴，差点儿喊出声来。

我像罪犯一样迅速逃离，一头钻进玉米田，有一种飞起来的感觉。可是又禁不住那雪白胴体的诱惑，忍不住，又一次悄悄回去看。第二天，我上课总是走神，特别是杨老师讲课的时候，我有些精神恍惚。杨老师走过来，摸着我红红的额头说，小蒙，你是不是生病了？我低下头，嗫嚅着说，没事儿。

第二天午休的时候，我发誓再去不去看了。可还是没有心思休息，

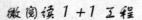

两条腿像是不听指挥，又去了玉米田。

第三天，我觉着自己像盗贼一样罪不可赦，甚至害怕午休了。到了午休，却还是控制不住自己的脚。当我心里咚咚跳着，再一次趴到小房子窗户上的时候，发现那个神秘的小洞被堵上了。我有些忐忑不安，禁不住取出小刀，颤抖着把堵上的纸团捅开。可是，这一次却什么也没有看到。我害怕地跑进玉米田深处，双手揪自己的头发。

下午上自习课，杨老师让我和刘大刚去她办公室一次。难道我的秘密被杨老师发现了？我感到少有的恐慌，有一种世界末日的感觉，不敢去碰触杨老师的目光。

杨老师领着我们来到操场上。操场一侧是一排挺拔的白杨，另一侧是一排向日葵，长得膝盖一样高了。杨老师说，小蒙，从现在开始，交给你们俩一个任务，你和刘大刚每天午休的时候，到河边去提一桶水，给向日葵浇水，好不好？我如释重负，怯怯地抬起头，杨老师正甜甜地朝着我笑，两个好看的酒窝像是被小石子荡开的涟漪一样。我使劲儿点头。杨老师光滑的小手鱼一样在我的脖子上游动了一下说，小蒙，你和向日葵比一比，向日葵长得可快了，很快就会超过你的。不信？你可以每天中午拿尺子过来测量，看看向日葵一天能长多少。

我跑到玉米田深处哭了。

咸菜开花

　　父亲是下班的路上被摩托车撞倒的，自行车被撞得变了形。当父亲从沟里爬起来的时候，肇事者早就没了踪影。

　　母亲白天到啤酒厂洗瓶子挣钱维持生计，晚上侍候瘫在床上的父亲。父亲是个要强的人，好几次喊着要寻短见。他说，我这人笨啊，走道儿让车撞，一个大男人要你们娘儿仨养着。让我去死，我不能再拖累你们了。母亲从父亲嘴里抠出来一把安眠药说，你安心养病吧，咱们一家人在一起就是福。你养好病，俺们娘几个还指望你呢。

　　我知道母亲是在安慰父亲。我看到过母亲偷偷流泪。

　　父亲不能挣钱，养病还要花费一大笔医药费。时间不长，母亲洗瓶子的活儿也黄了。我们家的日子就像缺水少肥的花草，很快就蔫吧了。

　　在一个秋叶飘零的早上，母亲背回来一袋子萝卜。母亲把洗净的萝卜放进门前的瓮里，撒上一层盐，用一块大青石压实了，对我们说，下半年吃菜就靠这些萝卜了。

　　果然，每天吃饭的时候母亲从瓮里取出来一个腌制好的萝卜，切成细丝或者片状，摆放在饭桌上。刚开始，我们吃得津津有味，慢慢地就不想吃了。弟弟好像跟咸萝卜有深仇大恨似的，皱着眉头把筷子一摔说，咋又是萝卜？

　　母亲并不生气，把筷子从地上捡起来，擦一下说，萝卜好啊，冬吃萝卜夏吃姜，不劳医生开药方。弟弟白了母亲一眼，撅着嘴说，我就是不吃。父亲呵斥弟弟说，你还想吃龙肉啊？母亲说，赶明儿我把萝卜煮熟，晾晒出来，像牛肉干一样，嚼着香香的，可好吃了。

　　母亲说得像是天下美味，听得我一个劲儿地咽唾沫。

母亲把瓮里的萝卜全煮了，用绳子穿起来，挂在院子里的老槐树上。过几天，咸萝卜上面挂了一层白白的盐巴。母亲把盐巴去掉，切成一片一片的形状。这种酱紫色的咸菜就成了我们家的一日三餐。

　　吃了上顿吃下顿，天天吃咸菜，吃得我们打个哈欠也是咸菜味儿。母亲用筷子夹起一片咸菜说，你看，像不像牛肉干？弟弟说，什么牛肉干，我不吃。母亲拍拍弟弟的脑袋说，二娃你不是长大了要当火车司机？那你就得吃咸菜啊，吃咸菜才能长得壮，才能开得动火车啊。

　　弟弟歪着小脑袋问我，娘说的是真的吗？

　　我不知道该怎么回答弟弟。我低着头，眼睛里有水一样的东西流出来。我赶紧把头埋进饭碗里，使劲儿喝粥。

　　其实我才不愿意吃咸菜呢，街上就有卖白菜的、卖韭菜的。我知道我们家能吃上咸菜已经很不容易了，母亲还为父亲吃药犯愁呢。我在街上玩，好多次见母亲赔着笑脸去邻居家借钱。我还跟着母亲去卖过一个手镯子。母亲拉着我的手，另一只手攥着镯子，嘴里不停地嘟囔着说，这镯子是你姥姥留给我的。

　　吃晚饭的时候，母亲喊我们，孩子们快来吃饭，咱们家的咸菜开花了。我和弟弟惊奇地跑到饭桌旁，只见白磁盘里的咸菜变成了各种形状，有菱形，有三角形，还有的虽锯齿状，有的像一朵盛开的花朵。弟弟乐了，夹起一个又一个说，这个像小狗，这个像小羊。

　　弟弟把一个像小兔子一样的咸菜放进嘴里，小嘴巴嚼得有滋有味。

　　父亲说，你娘雕刻咸菜花儿，把手都划破了。我拉过母亲的手，母亲的手指上包着纱布。我不由得眼睛一酸。母亲笑着说，孩子，多吃点儿，正长身子呢。等你们长大了，咱家的苦日子就熬出头了。

我叫李歪瓜

那一年我和刘伟闹着玩，刘伟踢我一脚，骂我是没人要的歪瓜。我不懂歪瓜是啥意思，但是我知道那是侮辱人的话。

同学们哄堂大笑，喊我李歪瓜。我咬紧牙关，没让泪水流出来。

我回家问父亲，啥是歪瓜？父亲刚从田里回来，一边洗手，一边告诉我，歪瓜就是田里没长开的落秧子黄瓜。

我们村里家家户户种黄瓜。又大又鲜的好黄瓜卖掉了，剩下一筐筐没长开的落秧子黄瓜没人要，有的喂猪，有的被扔到村东的大沟里，白白烂掉。

我愿意长得像歪瓜吗？我一出娘胎就瞎了一只眼睛，个子小，又黑又瘦。八岁的时候我上树摘酸枣，从树上掉下来摔伤了腿，走路一瘸一拐。在别人眼里，我这个歪瓜挺形象的。尽管大家喊我歪瓜，我当时也没有感觉到歪瓜这个外号的嘲讽意味。等我眼瞅着同学们有的上了大学，有的外出打工，而我落榜之后，真的成了没人要的歪瓜。我18岁了，长得像个孩子，跟着别人出去打工，老板说啥也不收留我，说担心风把我刮跑了。

十年寒窗苦，回家扛大锄。我的世界一片黑暗。

更让我难以承受的是我暗恋了三年的小华对我的打击。我悄悄把情书塞给她的时候，小华白了我一眼，说想得倒美，你也不撒泡尿照照自己，像你这样的歪瓜还想好事儿。

我把自己关在屋里，蒙头大睡。

父亲从田里回来说，小子，老天爷饿不死瞎眼雀，我这一辈子没上过学不照样儿活得好好的？我靠种黄瓜致富，盖起了新房子，供着你们兄弟俩上学，咱一点儿也不比别人落后。现在瓜田里正忙着呢，是条汉子就给我站起来，别像娘儿们似的。

我爬起来，跟在父亲身后往田里走。

眼前一片绿油油的瓜田，架上的黄瓜顶花带刺，煞是喜人。父亲说，你小子有文化，咱以后跟着书上学种温室黄瓜，能卖好价钱。到时候咱的温室大棚就像一只白天鹅，就像海上的白帆。

我笑了，我说父亲，你说出话来像个"诗人"。

父亲指着地角上一大堆没长开的黄瓜说，你把这些落秧的黄瓜全给我扔到沟里。我说，扔掉多可惜啊。父亲笑笑说，有啥可惜的？好黄瓜已经卖了好价钱，这些歪瓜连猪也不吃。

往大沟里扔黄瓜的还有好多人，大沟里堆满了歪瓜，氤氲着腐烂的气息。

我对父亲说，我要到城里去一趟。父亲问我，你去城里做什么？

我神秘地笑笑，挤上了去城里的公交车。

我从城里回来的时候，跟父亲说，这些歪瓜我要了。

父亲睁大眼睛说，你疯了？我说，我才没疯呢。我从城里订购了几个大缸，买了腌制酱菜的原料，我要办一个酱菜厂。

我又跟村里人说，要收购他们的歪瓜。村里人一副很豪爽的样子说，你弄走就是了，啥钱不钱的。我说不，一定要给你们钱，而且要给跟最好的黄瓜一样的价钱。

村里人以为自己听错了。我又重复一遍，村里人说，你可不要后悔。

父亲在背后拍了我一巴掌，小子，有眼光，这书没有白读。

那一年，我和父亲从城里聘了一个从酱菜厂退下来的老师傅，放了一挂鞭炮，我们家的"歪瓜酱菜厂"就算开张了。由于我们腌制的酱黄瓜味道鲜美，很快打开了市场，价钱卖到了鲜黄瓜的六倍。

那年的鸡蛋

我小时候家里穷，母亲养了五只鸡，一日三餐，用鸡蛋换米、换盐、换菜。父亲从田里回来，常常一边吃饭一边笑吟吟地说，这几只鸡，是咱家的功臣呢。

放了学，我经常去野外捉蚂蚱、虫子，拿回家喂鸡。我的作业本和铅笔，也要用鸡蛋到村头丁老歪的小卖部去换。

有一次放学回家，我跟母亲说，我们开始上美术课了，老师让我们买红蓝铅笔。母亲皱皱眉说，刚才用鸡蛋换了一斤盐，家里已经没有鸡蛋了，等明天鸡下了蛋再买吧。

我一听就哭鼻子，不行不行，老师说下午用。

母亲在屋里转了一圈说，我想起来了，咱家的芦花鸡今天还没下蛋呢，你等一等。说话间，母亲从米瓮里抓了一把米，咕咕叫着，撒给正在院里觅食的鸡。

我的红蓝铅笔还在芦花鸡的屁股里呢，我只好坐下来，看着芦花鸡啄米。芦花鸡吃完了米，还在院里踱步，一点儿也不急。芦花鸡有时候隔一天才下一个蛋，如果今天不下蛋咋办啊？我的心揪紧了。芦花鸡，芦花鸡，你快点下蛋吧，我还急着上课，急着用红蓝铅笔呢。

芦花鸡好像听懂了我的话，在我渴望的眼神中飞进鸡窝。我说，芦花鸡你快点吧，我们要上课了，迟到了。母亲说，别急，总不能下手去掏吧。我一副猴急的样子说，迟到了咋办啊？母亲说，要不你先走，等鸡下了蛋，我去换铅笔，给你送到学校。

我白了母亲一眼说，就不！

等鸡下蛋，一分钟就像一年那样漫长。芦花鸡终于咯咯叫起来，我一机灵，跑到鸡窝边。芦花鸡还赖在窝里，涨红着脸。我把手伸进鸡窝，芦花鸡惊叫着飞了出来。我摸到了鸡蛋，暖暖的，滑滑的，心里别提多高兴。我手里攥着鸡蛋，像是举着一支令箭，一溜小跑出门，把母亲的喊声抛在了身后。

我像鸟儿一样飞进丁老歪的小卖部，把鸡蛋送到丁老歪的手心里，喘着粗气说，换一支红蓝铅笔。

丁老歪看看鸡蛋，又看看我，笑着说，这鸡蛋是你娘让你吃的吧？我说不是啊，换红蓝铅笔呢。丁老歪嘿嘿笑着，把鸡蛋退还给我说，小孩子，一边玩去。

我一愣，哇一声哭了，像是受了莫大的委屈。跑回家，母亲正洗碗，忙不迭地站起身，问我，咋了孩子？我说丁老歪不要咱的鸡蛋。母亲说，走，看看去。母亲拉着我的手，来找丁老歪。

母亲说，你咋不要俺的鸡蛋？

丁老歪说，我收鸡蛋是孵小鸡的，你不该让孩子拿着熟鸡蛋来换东西。

母亲说，不是熟鸡蛋。

丁老歪说，那怎么是热的？

母亲说，我们家的芦花鸡刚下的蛋，还热乎乎的呢。

丁老歪摇摇头，不信。母亲生气地说，我还能骗你吗？为了证明不是熟鸡蛋，母亲把鸡蛋在柜台上轻轻一磕，黄色的蛋黄流了出来。

丁老歪惊呆了。

母亲拉着我转身就走。丁老歪跑过来，把一支红蓝铅笔塞到我手里说，快去上学吧。

母亲怔一下说，明天，我还你一个鸡蛋。

丁老歪说，不用了，不用了，我送给孩子的。

上课的铃声响了，我向着学校的方向飞奔。

多年后，我常常到鸡窝前，找一个刚下的鸡蛋，在手里握一握，让暖流传遍全身。

永远的牵挂

门岗警卫室给我打电话说，文局长，有个长得像赵丽蓉一样的老太太要找你。我听了心头一震，一定是娘来了。

我跌跌撞撞跑下楼，果然是我娘。我上前搀住她说，娘，你咋来了？你打电话啊，我去接你。娘伸展胳膊比画几下说，娘的身体硬朗着呢。

娘打量着我，才一个月没见面，像是隔了几十年。娘摸摸我的额头说，俺儿瘦了，瘦了。我说我没瘦，体重一点儿没减。

娘呵护我的一幕幕在我的脑海里浮现。

上学的时候，路过一条河，娘每天送我，背我过河。我趴在娘的背上，望着河水缓缓流过。娘把我送过河，再去田里拔草，还要放牛。一直到 12 岁，我说我自己能过河，娘还是不放心。我说我都和你一样高了，娘说，再高也是个孩子。

日子穷，天冷了还没有棉衣，娘就起早贪黑去捡棉花。天天在干枯的棉柴上一点点翻弄，一双手磨得起了泡。一连 20 多天，娘捡回五六斤棉花，连夜给我做了一身棉衣。天亮的时候，娘喊醒我，揉着熬得通红眼睛说，粒粒，来试试合身不合身。

后来我上了大学，娘命令我三天给她打一个电话，打给村里小卖部的丁老歪，丁老歪再通知她去接。有一次我忘了打，第二天想起来，急忙打过去。电话一通，丁老歪就说，你娘已经等两天了，吃完饭就在这里坐着，等你的电话。

娘迫不及待地接了，第一句话就是：孩子，你没事儿吧？

毕业了，我分到元城县文化局上班。过年，带着热恋的女友小梁回老家，娘望着漂亮的小梁愣住了，半天才回过神来，手在衣襟上搓搓说，我给你们做饭去。娘抱了柴，在厨房烧火做饭，我去看她，娘眼睛红红的，显然是哭过了。我说娘，我替你烧火吧。娘瞪我一眼说，去去去，多好的姑娘啊，陪人家说话去。

一会儿，一盘炒鸡蛋端上来。小梁喊一声妈，娘的眼泪下来了，颤颤的应了一声，转身取出来一个绿色的手镯，在衣襟上擦擦递给小梁说，姑娘啊，俺也没有啥好东西，这是俺家祖传的一只手镯，送你吧。

小梁笑笑，戴在手腕上又退下来说，妈，您的心意我领了，还是你留着吧，就当是你替我保存着。娘愣了，把我拉到一边说，姑娘不会是嫌弃我的手镯吧。我说娘，你就放心吧，明年准让你抱孙子。

结婚了，娘总是打电话，劝我别跟媳妇吵架。她说看电视上的城里人两口子之间总是吵架，吵来吵去闹离婚。娘说，那么好的媳妇，你让着她点，媳妇就是让男人来疼的。又过一段时间，小梁的肚子鼓起来的时候，娘来城里，把那只手镯给我说，你们啊，总租房子住不是个办法，把手镯卖了，买个房子吧。

手镯卖了 30 万元，把小梁激动得抱着娘直掉眼泪。小梁说，娘，您和我们一起住吧。娘说，我自己还能干活，等我走不动了，再让你们养着。

我把娘搀进我的局长办公室，倒一杯水。娘说，你没事儿吧。我说我没事儿，你放心吧娘。娘说昨晚在电视上看到一个贪官被抓，心里七上八下。我说，为了娘，我没事儿的。娘说，那就好，那就好，你要是成了贪官，娘没脸活下去。

娘在口袋里摸索着说，粒粒，你闭上眼睛。我附在娘身边说，我把眼睛闭上了。娘把一颗糖塞进我的嘴里，问我，甜不甜？

我说甜。我的声音哽咽了。

在母亲面前，我永远是个长不大的孩子。

母亲爱听悄悄话

母亲不能听别人猛然叫她，若是冷不丁喊她一声，她会因为突然受了惊吓而休克。

有一次，二妹从外面慌慌张张跑进来，上气不接下气地喊，娘，娘，咱家来亲戚了。下半句还没喊出来，母亲翻一下白眼，倒在地上没了呼吸。二妹不知所措，幸亏来的亲戚懂一些急救知识，赶快掐人中，母亲好长时间才回过神来。

母亲的病其实缘于我。

我五岁那年，父亲拉着母亲的手说，一定要把俩孩子抚养成人。说完，父亲就咽了气。母亲带着我们过着清汤寡水的日子，难得见一次荤腥。母亲生日那一天，我为了要让母亲喝上鱼汤，偷偷和几个小伙伴去抓鱼，我不慎跌入水塘。幸亏那天塘边有个钓鱼的老汉，疯了一样喊救人，才把我救上来。有人认出是我，赶快去喊母亲。

母亲正在不远处的田里给生产队挖红薯，听到有人大声喊她，狗蛋他娘，快去看看吧，你家狗蛋掉塘里了。母亲身子哆嗦一下，一双小腿像是飞了起来，跌跌撞撞向塘边跑。三里地，也不知道母亲哪里来的力气，跌了几个跟头，一直跑到我身边。看到我像死了似的一动不动，母亲愣一下，背起我向医院跑。

我吐了母亲一身水，趴在母亲背上喊了一声娘。母亲满头大汗，猛地扭转身，喊一声娃他爹，咱娃没死。再看母亲，扑通一声倒在地上，休克了。乡亲们一拥而上，折腾一阵子，母亲才慢慢醒过来。

母亲落下这病根儿，我们有啥事儿也是轻声细语，小声告诉她。哪怕家里着了火，也得装作没事儿一样，一点点给她说。

我考上大学那一天，悄悄趴到母亲耳边说，娘，我告诉你一件好事儿。母亲脸上笑成一朵花，说啥事儿？我说，我考上大学了。母亲听了，抱着我哭起来。

要离开母亲了，我给母亲装了一部电话，我说我以后常给你打电话。后来我打了一次，母亲就不让打了，说日夜守在电话旁，一听电话铃声就担心是我出了什么事儿。母亲说还是把电话撤了吧，你不要给我打电话，我给你打吧。

我就常常接到母亲的电话。母亲打电话要走很远的路，到村口的电话亭。母亲每次都嘱咐我，不要在水塘边玩，出门走路要看车，打雷的时候不要站在大树下。絮絮叨叨，没完没了。我压低声音说，娘，你放心吧，我记住了。

参加工作后，我把母亲接到城里。有几次下班回家，总见母亲站在小区门口张望，看见我，便笑着迎上来。我说娘，我又不是小孩子，你还不放心啊？母亲说，娘在家没事儿，看电视，看到一个人收了别人的钱，后来被逮了。你在单位也是个头头，娘担心啊。

我一怔，娘，咋会呢。

几乎每次下班，我都能看到母亲的身影。

过年，有人来家里串门，留下两条高档烟。临走，母亲说啥也要人家把烟带走，弄得我挺尴尬。还有一次，我正在办公室，母亲悄悄进来。我说，您咋来了？母亲说，我看看你就走，看看就走。

我趴在母亲耳边说，娘，为了你，我没事儿的。

79 岁的母亲像是很累很累，突然倒在沙发上，憔悴了许多。

母亲的夏日

家里穷困潦倒无所谓，文三不恨家里穷。穷怕啥？文三有一身力气，能吓得穷字倒退三步。文三恨母亲。文三自然有文三的道理。

有一次文三听人背后嚼舌头，说的是自己。文三后来费尽周折找到收生婆文二嫂才证实了这件事儿。

文三刚生下来的时候，想生闺女的母亲嫌弃文三是个小子，拖着长腔哭诉，已经有俩小子了，咋又是个破小子啊。文二嫂说，三个小子也不算多，几年后就是一条汉子。母亲说，半大小子，吃死老子，多一张嘴更是揭不开锅了。母亲坐起来，要把文三丢进马桶溺死。

在乡下，溺死孩子的事儿屡见不鲜。

马桶是木板做的，晚上提进来，白天提出去。文三被丢进马桶，像是反抗一样在马桶里面扑腾。母亲见状，顺手抓起一个铁盆子扣到马桶上。文三呱呱啼哭，一阵踢腾，小手抓得铁盆子叮叮响。文二嫂心软了，制止母亲说，给孩子留条活路吧。

虎毒不伤子呢，文三气愤地问母亲有没有这事儿。母亲倒是不瞒，坐地上一边哭，一边说，我作了孽啊。

两个哥哥娶媳妇花了好多钱，把这个家掏空了。家里穷，少盐没醋，文三高中没毕业就咬紧牙关到石料场打工。

石料厂的活儿很累人，文三干几天就不想干了。母亲说，没听老人说？力气是奴才，去了还回来，休息一晚上就不累了。

文三白了母亲一眼，母亲不说话了。

那是一个夏天，中午从石料场回来，在家里吃午饭，有俩小时的休息时间。母亲给他炒鸡蛋，炸菜角，煮面条，劝他多吃点，吃饱了身上才有力气。文三不抬头，风卷残云，三碗面条见了底。

母亲说，你睡吧，到点我喊你。

身上像是散了架，文三躺下却睡不着。屋后有两棵大杨树，落了好多的蝉，聒噪得很。文三说烦死了，烦死了。母亲说，睡不着？躺一会儿也好，让身上的力气恢复一下。

还是太累了，文三慢慢地睡着了，睡得好香。

母亲喊醒文三，已经给文三备好了洗脸水。文三洗一把脸，就往石料厂走。

每天都是这样，眼瞅着快要把这个夏天过完了。

有一次不想睡，母亲硬是逼着他睡一会儿，攒好力气，还干活呢。

文三躺了一会儿，干脆起来到街上转。走到屋后，却发现母亲手里举着一根长长的竹竿，是两根竹竿接起来的，在两棵杨树之间跑来跑去。

大热的天，你干啥呢？文三有些生气了。

母亲憨笑着说，咋不睡了？

文三抬头看看大杨树说，这三个月你是这样过来的？

三个月了，母亲为了让文三好好休息，每天中午举着大竹竿捅两棵大杨树，不让蝉的叫声影响文三睡觉。

天下哪有不心疼自己孩子的母亲呢？文三夺过母亲手里的竹竿，眼里盈满了泪。

母亲说，你去休息一会儿吧，还有 10 分钟就该上工了。

母亲的纸条

　　她是四个儿子的母亲。在一个偏僻的小山村，她先后把四个儿子送进大学，又都回到县城做了领导。

　　那时候家里穷，穷得一家六口人只有两条被子。丈夫拼命挣钱，在建筑队砌墙，掉下来就再也没睁开眼睛。她哭过了，紧紧地把四个儿子揽在怀里。四个孩子之中大的 12 岁，小的还吃奶。别人劝她再走一步，守着这个家，啥时候熬出头啊！她摇摇头，苦笑笑说，日子已经坏到这个地步了，还能坏到哪里去呢？总不会开除我的球籍吧？

　　球，指的是地球，乡下人开玩笑的一句话。

　　丈夫有个弟弟，想把她赶走，占她的宅基。小叔子的觊觎使她横下一条心，白天拼命在田里劳动，晚上回到家缝缝补补，困了累了，打个盹天就亮了，爬起来往田里走。没帮手，她一个人硬撑着，比爷们还爷们。

　　四个儿子，老大、老二、老三、老四，像四个小老虎，吸干了她的身子。

　　老大 16 岁那年考上县一中。老大悄悄把录取通知书藏起来，跟母亲说没考上，要帮母亲下田干活。她黑了脸说不行，没考上就再去复习，明年继续考。老大只好把录取通知书拿出来，她的脸上荡开了笑容。

　　老大嘴里嗫嚅着，看一眼母亲，又把头低下。

　　她说，钱的事儿我想办法。

　　第二天，她从炕席下取出一堆零零散散的纸币，像一团枯树叶子。在油灯下数来数去，正好够老大的学费。

　　送老大上学，她连夜做了一兜干粮。除了学费没有多余的钱，要靠老大步行到县城，她送了一程又一程。老大跺着脚让她回去，她从衣襟下取出一张折叠得整整齐齐的纸条说，那我就不送了，这是娘写给你的，你留着。

老大拆开看了，眼睛酸酸的，大叫一声娘，转身走了。

秋风吹乱了她花白的头发，她望着老大的背影发呆。

老四得了一种病，腹泻不止，渐渐昏迷不醒了。村里的医生说，赶快去乡卫生院吧。她背着老四，身后跟着老二、老三，跌跌撞撞地一口气跑到乡卫生院。医生摇摇头说，没啥希望了，离县医院这么远，走到县医院就晚了。

我要去县医院！她背上老四，疯了似的转身就走。

天已经黑透了，40里山路，跑得上气不接下气，天亮的时候才到县城。她跌倒在县医院门口，身子像是散了架。

交住院费，她掏出身上所有的钱，还差400元。天啊，这可咋办？她的身子开始颤抖了。她让老二、老三守着老四，自己出去借钱。她说，我想起来了，咱城里有个亲戚，我去找亲戚帮忙。

天上飘起了雪花，她手里攥着钱，踉踉跄跄回来了。她脸色苍白，有气无力地说，累死了，累死了，亲戚还算给面子。

才三天，钱又不够了，她又要去亲戚家借钱。老二悄悄跟着她，才知道他们家的亲戚原来就是血站。

终于把老四从鬼门关拽了回来。老四迷迷糊糊地睁开眼睛说，娘，俺渴。

那一刻，她兴奋地跳了起来。

后来，老二、老三、老四也先后考进县一中。每一次筹集学费，她都要去城里，去找城里的亲戚。每个孩子离开她的时候，她都要依依不舍地送一程，把一张折叠得整整齐齐的纸条送到孩子的手掌上。

多年后，弟兄四个把母亲接到城里住。谁都知道城里没有他们的亲戚，谁也没有去问母亲，像是恪守着共同的秘密。

母亲去世那天，灵前摆放着四张发黄的纸条，上面歪歪扭扭地写着同样一句话：孩子，咱家穷，一没有钱，二没有后台，想改变命运就要靠自己努力。

四个儿子望着母亲的遗像，泪流满面。

请母亲吃饭

母亲一直住在乡下，突然打来电话说想到市里来。我推掉了一切工作和应酬，打算陪陪母亲，找个好一点的酒店，请母亲吃饭。

在我们兄妹的印象中，母亲是个了不起的女人。小时候家里穷，尤其是父亲去世后，母亲拉扯我们兄妹三个，有玉米饼子吃就已经很知足了，一日三餐谁也不敢奢望有蔬菜吃。吃饭时，大家蹲在灶屋里，手里拿着一块玉米饼子啃。隔三差五的，找一块盐粒子，用水化开了，一家人争先恐后地蘸着吃。也有奢侈的时候，找个干辣椒，在火堆里烧焦，搓成粉，用米汤搅拌，简直是美味了。而更多的日子，母亲能别出心裁，让我们的一日三餐吃出花样来。

母亲从姥姥家抱回一只鸡，天天捡一个蛋。母亲把鸡蛋打碎了，多放一些盐，用油煎，一家人蘸着吃，难得的荤腥啊，足够我们兴高采烈地打牙祭。

这样的美景没有维持多长，家里的鸡莫名其妙地死了。母亲叹一口气，把鸡炖了，灶屋里香气袅袅，馋得我像狗一样流口水，拿着碗筷坐在母亲身边，不时地问鸡肉熟了没有。母亲说快了快了，在鸡汤里加了一把盐，又加了一把盐，兑进去一锅水。漂浮着几块鸡肉，惹得馋虫子在我的喉咙里纷纷伸脑袋。好容易煮熟了，挑一块鸡肉往嘴里送，却像嚼了盐巴，哇一下吐出来，咸得我龇牙咧嘴。

母亲说，别急别急，当咸菜吃呢。

吃完了鸡肉，我们小心翼翼地用馒头蘸着鸡汤，吃得津津有味。一大锅鸡汤，我们一家人吃了十几天，最后把锅擦得干干净净。

母亲不吃鸡肉，甚至连鸡汤也不吃。母亲坐在门槛上，低着头啃玉

173

米饼子。我把一块鸡肉送到她碗里，她又用筷子夹给我说，我跟鸡肉有仇。我睁大了眼睛，这么好吃的东西，你咋和它有仇呢？母亲说小时候吃鸡肉吃得饱饱的，吃完就睡着了，醒来以后，再也不想吃鸡肉了，闻到鸡肉味儿感觉恶心。

我们都替母亲惋惜。咋能不想吃鸡肉呢？人间最好的美味啊！

我曾经吃过一次大葱，也是吃完就睡了，醒来再也不想吃大葱了。母亲大概和我吃大葱一样，吃闷了。

如今，母亲难得来一次城里，我一定要母亲在城里住几天，让母亲品尝元城第一楼最有名的菜肴。

母亲来了，我说去天下第一楼。母亲摆摆手，听你二婶说城里有自助餐，鸡鸭鱼肉随便吃，我早就寻思着吃自助餐了。

我说哪能吃自助餐呢？

母亲说，我想自助餐好长时间了，就是来城里吃自助餐的。

母亲拉着脸，有些不高兴。我只好带她去醉仙居吃自助餐。

醉仙居里各种菜肴琳琅满目。我跟母亲说，你喜欢吃什么？母亲笑吟吟地说，鸡肉。我说您不是不能吃鸡肉？母亲说，谁说我不能吃？我最喜欢吃鸡肉了。

母亲吃了一大盘，又让我给她盛。我说多吃些青菜。她说，放着鸡块吃青菜？青菜家里有的是，这么好的鸡块，不吃多可惜啊。

我不好意思阻止她，眼瞅着母亲吃了三大盘鸡块，吃得服务员瞠目结舌。母亲拍着肚子说，鸡肉随便吃，赛过神仙啊。

晚上我让母亲吃点水果，母亲说，啥也吃不下了。

半夜里，母亲开始腹泻，痛苦地呻吟，我把她送进医院。

第二天，母亲肚子不疼了，嚷着要回家。母亲说，羞死了，羞死了，以后再也不来城里了，给你们添麻烦，让你们丢脸。

我抱紧了母亲，泪雨纷飞。

我家的故事

说起我甜蜜的爱情，还跟茅台酒有关。

那是八年前，我和我们村里的小红谈恋爱，都已经好得分不开了，我父亲还是拒绝和小红的父亲做亲家。理由就是在若干年之前，我父亲和小红父亲还是同学的时候，因为一块橡皮，小红父亲揍过我父亲。我父亲至今胳膊上还有一块疤。

我每次和小红约会都在村东头的表哥家。这天下午，表哥悄悄告诉我，今晚你们俩就远走高飞，先把生米做成熟饭再说。

吃了晚饭，我找理由说要到表哥家找本书看。父亲像是未卜先知，跟在我身后一边抽旱烟，一边说今晚你哪里也别想去，老老实实给我在家待着！我心里一紧，坏了，是不是私奔的事漏陷了？弄不好，这熟饭就做不成了。

我正在想脱身之计，表哥来了。表哥怀里抱着一瓶酒，跟我父亲说，舅舅，俺哥从城里给俺爹捎来两瓶茅台酒，俺爹说送给您一瓶尝尝。

茅台？父亲一听就来了精神，把手里的烟拧灭，说这可是国酒啊，毛主席喝的，你不会骗我吧？表哥说，你打开不就知道了？父亲将信将疑地打开酒瓶，一股醇香在屋子里氤氲着。父亲吸吸鼻子说，国酒就是不一般，我喝了大半辈子的酒，还从来没有闻到过这么香的酒呢。

父亲倒了一杯酒，喝了，咂吧着嘴说，喝过茅台酒，这辈子算是没白活。父亲笑得乐开怀，对我表哥说，小啊，你这孩子平日里不怎么样，今儿还知道孝敬你舅。表哥又倒了一杯说，舅舅您喝。父亲却说啥也不喝了。父亲眨巴着眼睛说，不能再喝了，我今晚还有事儿呢。喝高了要误事的。

父亲人称"二两迷"，也就是说喜欢喝酒，但是酒量不大，喝一点就犯迷糊。表哥说，这是茅台，喝多了不醉人。父亲禁不住表哥劝说，又遇上天下最好的美酒，像是人生小登科，就说，那我再喝一杯试试？端起来一仰脖子，吱溜一下喝干了。

　　父亲好像还是不过瘾，又喝了一杯。一边喝，一边跟我们讲他当年的故事。讲着讲着眼睛睁不开了。

　　表哥冲我递眼色说，还不快走？

　　后来听表哥说，第二天父亲醒来，气得暴跳如雷，抓起手里的茅台酒，扬了好几次也没舍得摔，倒是把表哥骂得狗血喷头。

　　一年后，我和小红抱着我们的儿子熟饭回家，补了结婚证。一个丰腴白皙的少妇甜甜地喊一声爹，父亲的气就一下子全消了。又看看胖乎乎的孙子，脸上笑得像开了一朵花。

　　父亲嫌孩子的名字不好听，说咱村里有叫生米的，也有叫熟饭的了，我看俺孙子就叫茅台吧。

　　我们家茅台过周岁时，要摆宴席招待亲朋。我和父亲商量宴席上喝啥酒。父亲说，当然要喝茅台了。我说，那可是国酒，咱喝得起吗？父亲头一仰说，国酒怎么了？喝不起，那是从前。如今日子好了，咱也奢侈一把。旧时王谢堂前燕，飞入寻常百姓家。喝！

　　后来有个小贩来我们家买酒瓶，一个酒瓶一百元。父亲说啥也不卖。那小贩天天来缠着父亲。父亲急了，当着小贩面把几个酒瓶摔得粉碎。我父亲说，我不能让你去做假酒害人。

父亲的微笑

在我的记忆中，父亲从来没有皱过一次眉头，微笑像是被雕刻在他的脸上。

父亲的口哨吹得好。我小的时候，骑在父亲背上，摸着他光光的脑壳，走过元城的大街和小巷，身后总是拖着欢快的口哨声。别人望着我们的背影说，不知道崔秃子哪里来的喜事儿，整天那么神气。

崔秃子是我父亲的绰号。

那年放暑假，天热得让人受不了，我和几个同学偷偷去贵妃塘洗澡。据说贵妃塘曾经是贵妃娘娘沐浴的地方。可惜我们没有贵妃娘娘的运气好，一下水就被呛了，身子一飘沉了底。幸亏有人在塘边路过，大声喊救人，不远处几个人奔过来，七手八脚一阵忙活才把我们救上来。当时有个叫小珍子的伙伴身子软软的，再也没醒过来。

我父亲在货栈做装卸工，听说了，扔下肩上的麻袋就往塘边跑。

父亲来到塘边，小珍子的爹和娘正在呼天号地。父亲小心翼翼地朝我走过来，我的目光呆滞，身子像筛糠。父亲微笑着，拍拍我的肩膀说，粒粒，咱们回家好不好？让你娘给你炸糖糕吃。

跨进家门，母亲骂一声小祖宗，抢起扫帚要打我，哪里还有什么炸糖糕。父亲一把拦住母亲说，他已经吓坏了，你想咋的？赶快炸糖糕去。

我扑到父亲怀里哇哇大哭。

我偷了同学的蜡笔，在家里画画，父亲发现了，问我哪里来的蜡笔。我的目光躲闪着，说是上学的路上捡到的。父亲笑了，说俺儿子挺会捡，下次给我捡个大汽车。我的脸一下红了，说话也开始结巴了，我说真的是我捡的，不信你去问问。父亲说，哈哈，我从你脸上就看出来了，你的眼睛告诉我的。

我头上出汗了，想哭。父亲说，还给同学吧，向他认个错，或者交给老师。我说我听你的，你不要告诉我娘，我害怕我娘知道了打我。父亲说，不告诉你娘，不信？咱们拉钩。

父亲伸出手指，和我拉了一下，又在我鼻子上刮一下说，以后不许再拿别人的东西了。走，咱们上街，我给你买好多的蜡笔，俺儿子长大了当画家。

父亲在货栈干活时，从车上摔下来，我和母亲疯了一样跑着去看他。父亲额头上渗出大滴的汗水，闭着眼睛，嘴里哀哀呻吟。我喊一声爹，父亲睁开眼，冲我笑了，伸出手来拉我。我的手被父亲攥着，攥得湿乎乎的。我说，爹，你疼吗？父亲始终冲我笑，说不疼，俺儿子在身边，就不疼了。

父亲住了半年医院。我和母亲把他拖到轮椅上，走出医院大门的时候，母亲揉着潮乎乎的眼睛。父亲抬头看看天空，微微一笑说，一条腿没了，还有两只手，还能养活你们娘儿俩。

回到家，父亲让母亲去买酒，倒了一大杯说，儿子，你老爸的新生活开始了。父亲一饮而尽。

父亲的新生活就是在家里为汽车厂编坐垫，是朋友为他揽的生意。夜里，我们睡醒了，父亲还在忙碌着。母亲说，睡吧，不睡觉哪能行？父亲笑笑，我不困，你们睡。

第二天，父亲的手肿了，母亲找来一些药水，让他抹一抹。父亲说，没事儿的，过几天就消下去了。我可不能吃闲饭，一个男人得有事做。再说住医院欠了那么多的债，能还一点就少一点。

我和母亲看着他，心里酸酸的。父亲哈哈大笑，不说了，来，吃饭！啥时候咱家的债务还清了，让小粒粒推着我去全聚德吃烤鸭。

我的读者

那年我害了一场病，医生说需要调养两年才能慢慢康复。从医院出来，只好回家养着。望着起早贪黑在田里劳作的父母，我心里很愧疚，有时候就把自己的苦闷写出来。写多了，试探着让妹妹帮我投稿，有一篇文章竟然在市报副刊发表了。

父亲从田里回来，丢下锄头，一副惊喜的神色，双手在衣襟上搓几下，捧着报纸看了又看，还大呼小叫着跟母亲说，咱儿子有出息啊！

母亲喊父亲吃饭，父亲没抬头，说没看到我正在读儿子的文章吗？

我说，爹，你不是不识字吗？父亲脸一红，谁说我不识字？我还当过生产队长呢。你上学，每学期不都是我给你们学校签字？

父亲拿着报纸到外面去了，一会儿又回来，喜滋滋地说，我看完了，写得不错，能当大作家。父亲在屋里转一圈，又说，记住，以后每发表一篇，我要先看看。

有父亲的鼓励，我充满了自信。父亲帮我买稿纸，还帮我到邮局投稿。当然，每次发表了，父亲总是第一个抢着看，要做我的第一个读者。父亲看得很认真，把自己关在屋子里静静阅读。每次看完，把报纸还给我的时候，他都笑吟吟地说，不错不错。

有时候稿子投出去，总不见发表，我的清绪开始浮躁。父亲说，你把你的稿子给我，我替你把把关。父亲看了我的稿子说，很好啊，市报不给发，咱投给别的报纸试试。我心里没底气，嗫嚅着说，行吗？父亲咧开嘴哈哈大笑，行，我看行。

后来那篇文章果然被父亲言中，在省里的一家晚报发了。

有一段时间，我写得少了，发的也少了。父亲火烧火燎地说，我还

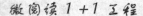

等着读你的作品呢，我可是你的读者，一天不看你的作品，心里发痒，你要对你的读者负责。我说我知道了，我继续努力。父亲嘿嘿笑，这才是我的儿子。

父亲说，我给你讲讲我当生产队长的故事吧，你看能不能写到你的文章里面。父亲抽着旱烟，给我讲起了他的故事，只讲得月儿西斜。后来，这些故事变成了我创作的素材，变成了一篇篇精彩的小说。

不久，我的病好了，还加入了市里的作家协会。有一家公司听说我的文笔好，要聘我去做文秘，搞宣传。

当时我正写一篇小说，公司催着要我的简介，我只好让父亲帮我誊写。父亲搓着手，嘿嘿笑。母亲也笑了，跟我说，你父亲没上过一天学，就认识五个字。有一次去城里，走错了厕所，回来就认死了男和女，还发誓要培养你读书。后来你上学了，为了给学校签字，你父亲练习他的名字，王大海这三个字，练了好久呢。

父亲埋怨母亲，你咋给孩子说这些啊。

我怔住了，泪水在眼眶里打转转。我跟父亲说，你永远都是我的第一个读者。

老婆是所好学校

女人不爱说话，尤其是男人发脾气的时候，女人装出一副若无其事的样子，好像男人不在身边。等男人的火气消了，女人才开始和男人讲道理。男人往往后悔，涎着脸嘿嘿笑，讨好女人。

好像女人单位的事儿不多，每天都是女人先回来做饭。饭做好了，男人也到家了。有一次下雨，男人回到家，还是灶清火冷，看不到女人，心里窝了火。过一会儿，女人回来了，淋成了落汤鸡。男人像开炮一样狂轰滥炸，你怎么回来这么晚？害得我自己做饭。女人不吭声，只顾找一件干燥的衣服往身上换。男人还在喋喋不休。

女人开始打电话，爸啊，我刚才下班的路上，顺便把生日蛋糕给你订好了。

男人一听，嘴巴戛然而止。老爸过生日，做儿子的咋就忘了呢？亏得媳妇去订了蛋糕。

男人做好饭，给女人道歉。女人不生气，一副笑眯眯的样子。女人爱上男人的时候说过，喜欢男人坦坦荡荡的个性，跟扭扭捏捏的奶油小生比起来，男人更像个男子汉。

家里水管漏水，女人逼着男人去修。男人吭哧半天，水还是流。男人说，找物业吧。女人说，动辄找物业，物业可不是免费为你服务的。男人说，那你修。女人找来一根筷子，削个尖，塞进漏水的地方，又找来一条自行车内胎，剪下一块，缠在流水的地方，勒紧，两分钟就修好了。男人看得瞪大了眼睛，说你行啊！既然你行，为啥还让我做？

女人说，做饭洗衣缝缝补补我指望过你吗？你是男人，你的活儿就是你的，不能惯出你一身懒惰的毛病来。男人想想，女人说得有道理，挠着头皮嘿嘿笑。

过节包饺子，男人坐在电视机前，手里拿着遥控器。女人喊男人帮一把，男人说我不会。女人说不会可以学，技多不压身。男人不动，女人笑着拉男人。男人没办法，只好听女人的。男人手笨，擀皮，有的薄，有的厚。男人包饺子更好笑，半天包不了一个。女人手把手教男人，男人觉着包饺子挺有意思的，很快就学会了。

后来男人的单位搞野炊，比赛包饺子，男人得了第一名。男人掏出手机就给女人打电话报喜说，老婆啊老婆，那次亏得你教我学会包饺子了。

男人的单位是管工程的职能部门，有实权。男人干工作很认真，可是办公室的几个人都提拔了，男人还是原地不动。男人很生气，回到家就骂领导瞎了狗眼，张三李四王二麻子不如我，都他妈的被提拔了。女人说，既然被提拔，说明人家有人家的优点。你也不要着急，相信自己，说不定有更重要的位置等着你呢。

果然让女人说中了，男人很快被任命为科长，主管建筑工程审批。男人跟女人说，你神了，能掐会算啊。女人说，我不是神，因为我是你老婆。

男人当了科长，有好多的包工头到家里来，带着大包小包的礼品。女人每次都让包工头把东西带回去。一个周末，包工头请男人吃饭，女人说饭没有那么好吃的，人家不会平白无故请你。男人说这个包工头是高中同学，不去就是不给面子。女人说，你还是去吧，喝几口酒就装醉。

男人听女人的话，在酒桌上装作烂醉如泥的样子。包工头本来安排去洗浴，去不了，把男人送回家来。女人从男人口袋里翻出来一沓子钱，有五六万元，男人也大吃一惊。女人说，这钱咱不能要，必须送回去，走，我陪你去。

后来包工头出事儿了，写了一个送礼的清单。男人单位好几个负责人被撤职，男人没事儿。男人很高兴，说一个好老婆就是一所好学校啊。

爱情的钥匙

女人写给男人的第一封情书结尾，女人写到：爱情的钥匙只有一把，因为爱是自私的，不能和别人分享。

读完女人的情书，男人幸福地抬头看看天空，春天阳光暖暖的，树上一抹淡淡的鹅黄，那是初绽的嫩芽。

不知不觉就到了酷夏，阳光变得炙热起来，他们的爱情也迅速升温，建起了爱的小巢。

男人奋力打拼，终于有了属于自己的公司。男人说，多亏了你这个贤内助。女人幸福地依偎在男人的怀里，目光投放在窗外，初秋的青藤上挂满了紫葡萄。

男人揽着女人的腰肢，觉着女人越来越瘦弱，有些憔悴，不时发出几声轻咳。

日子像风一样过去了。男人一脸疲惫，跟女人说，公司的事务很多，要加班。男人开始在外面过夜，先是一个晚上，后来一连几天不回来。有时候回来倒头便睡，女人望着男人的后背，默默地给他脱鞋，洗脚。

好多天不见男人了，女人有了一种可怕的预感。成功的男人没有外遇几乎是不可能的，男人不是圣贤，也经受不住美女的诱惑。

男人回来的那天是个早上。男人嗫嚅着，吞吞吐吐。女人的心逼仄起来，甚至有些冷，冷得坚硬，似乎有可怕的事情要发生。

俩人沉默着，很压抑。女人说，你把女孩领来，让我看看。

男人惊讶，有些不知所措，掏出一根烟，点了好几次才点燃了。女人说，我总得知道破坏我家庭的人是谁吧？你放心，我只是想见见她，我向你保证，绝不会伤害她。

男人看看女人，转身离去。不多会，男人带来一个女孩。

女人给女孩泡了一杯茶，递到女孩手里。女人惊艳于女孩的美，美得让女人想到春天最艳的花朵。女人笑吟吟问女孩，你很爱他？女孩看女人一眼，点点头。

仅仅是一眼，女人感觉花朵再鲜艳，终究会有凋谢的那一天。女人说，爱情的钥匙只有一把，你可得想好了。女孩说，我已经想好了，好好地爱他。

女人很贪婪，向男人索要一笔钱，还要男人把这个家留给她。女人说，你现在把我甩了，我是不是太亏了？男人笑笑，不假思索就答应了。男人说这样更好，这样我心里就轻松多了，就不欠你的了。

沉默一会儿，女人说了一些祝福的话，男人在一旁听了有些不自在。男人把目光投向窗外，一片片泛黄的树叶在风中离开枝头，落下来。

不久，男人的公司因为一笔债务陷入困境，面临破产。男人整夜整夜的失眠。

女孩不辞而别，带走了最后的一笔积蓄。

男人绝望的时候，女人出现了。女人拿出那笔钱帮男人度过了难关。男人感激女人，女人说，那笔钱本来就是你的。男人说，你还是一个人过？女人说，是啊，爱情的钥匙只有一把。

男人激动不已，伸出双臂拥抱女人，却扑空了。女人说，爱情的钥匙只有一把，能打开对方的心锁。我的钥匙还在，你的钥匙已经丢了，并且锁已经生锈了。

男人离开的时候，街上传来当地流行的戏曲，是《秦香莲》中包公的唱段，论吃还是家常饭，论穿还是粗布衣，知冷知热结发妻。

男人感觉头上凉飕飕的，抬头，天空飘起了雪花。